Née le 22 octobre 1919 à Kermanshah en Perse, Doris Lessing a six ans quand sa famille s'installe en Rhodésie du Sud, l'actuel Zimbabwe, alors colonie britannique. Pensionnaire d'un institut catholique tenu par des religieuses qu'elle supporte mal, elle quitte définitivement l'école à quinze ans, travaille en tant que jeune fille au pair puis comme standardiste. En 1938, elle commence à écrire des romans tout en exerçant plusieurs emplois pour gagner sa vie. À dix-neuf ans, elle se marie avec Frank Wisdom, avec qui elle aura deux enfants, mais elle le quitte en 1943 pour Gottfried Lessing, dont elle aura un fils. En 1950, elle publie *Vaincue par la brousse* (*The Grass is Singing*), puis cinq ouvrages d'inspiration autobiographique, publiés entre 1952 et 1969, sont regroupés sous le titre *Les enfants de la violence*. Prolixe et éclectique, elle apparaît comme le témoin privilégié de son temps et comme une véritable instance morale. En 2007, elle se voit attribuer, à quatre-vingt-huit ans, le prix Nobel de littérature.

Victoria et les Staveney

Doris
LESSING

Victoria
et les Staveney

ROMAN

Traduit de l'anglais
par Philippe Giraudon

J'AI
LU

Titre original :
VICTORIA AND THE STAVENEYS

Éditeur original
Fourth Estate, an imprint of
HarperCollinsPublishers

© Doris Lessing, 2008

Pour la traduction française
© Flammarion, 2010

La cour de récréation était déjà plongée dans une ombre glacée. En arrivant au portail, les gens regardaient dans la direction d'où s'élevaient les voix de deux groupes d'enfants. Il était malaisé de distinguer qui était qui. Une sorte d'instinct permettait aux enfants du groupe le plus important de reconnaître leurs proches parmi les arrivants, et ils se précipitaient vers eux, seuls ou par paires, afin qu'on les ramène à la maison. Deux enfants restaient isolés au milieu du terrain, lequel était entouré de hauts murs surmontés de tessons de verre. Ils faisaient beaucoup de bruit. Un petit garçon se démenait, distribuait des coups de pied à l'aveuglette, en hurlant :

— Il a oublié. J'avais bien dit à maman qu'il oublierait !

Une fillette essayait de le calmer et de le consoler. Lui était grand pour son âge, tandis qu'elle était fluette, la tête hérissée de nattes raides dont les rubans roses pendaient, amollis par l'humidité froide. Elle était plus vieille que lui, mais non plus grande. Malgré tout, forte de ses deux années supplémentaires, elle le réprimandait :

— Allons, Thomas, ne fais pas ça. Inutile de brailler, ils vont venir.

Mais lui refusait de se calmer.

— Laisse-moi, laisse-moi ! Je ne veux pas ! Il a oublié !

Plusieurs personnes arrivèrent en même temps au portail. Parmi elles, un grand garçon blond d'une douzaine d'années, qui se mit à scruter les ténèbres. Il aperçut Thomas, son frère, qu'il venait chercher, tandis que d'autres parents tendaient déjà les bras et s'avançaient. Il y eut un instant de tumulte et de désordre. Edward, le grand blond, attrapa par la main le petit Thomas, lequel continua de se débattre en se plaignant :

— Tu m'as oublié, oui, tu m'as oublié !

Edward observa les autres enfants qui disparaissaient dans la rue, puis il se retourna et s'éloigna avec Thomas.

Il faisait froid. Victoria n'était pas assez vêtue. Elle frissonnait, à présent que l'enfant récalcitrant ne la contraignait plus à s'activer. Les bras serrés autour de son corps, elle se mit à pleurer en silence. Le concierge de l'école émergea de l'obscurité, rabattit la grille du portail et la verrouilla. Lui non plus ne vit pas la fillette. Avec son pantalon marron foncé et sa veste noire, elle n'était qu'une tache plus sombre dans l'obscurité tourmentée de la cour où le vent se levait.

Se remémorant l'horreur de cette journée, laquelle avait commencé par le transport d'urgence de sa tante à l'hôpital pour culminer maintenant avec son abandon, elle tomba à genoux, secouée de sanglots, aveuglée de larmes, jusqu'au moment où elle rouvrit les yeux dans sa peur de rester seule. Elle regarda fixement l'énorme portail fermé. Les barreaux de la grille étaient espacés. Avec précaution, comme si elle commettait un acte répréhensible, elle s'approcha pour voir si elle ne pourrait pas se faufiler à travers. Elle était maigre, on lui avait souvent dit qu'elle ne pourrait même pas servir de repas à un chat. Tel était le verdict de sa mère. En songeant à elle, qui était morte, Victoria se remit à gémir de plus belle. Même si elle venait de jouer les grandes filles avec ce bébé de Thomas, elle sentait à présent qu'elle aussi était un bébé. Ses neuf ans étaient noyés de larmes, et voilà qu'elle se retrouvait de surcroît coincée entre ces barreaux. Sur le trottoir, les passants défilaient sans la voir, courbés sous des parapluies. Derrière elle, la cour était une immensité obscure, menaçante. Les lampes du café de Mr Patel brillaient doucement de l'autre côté de la rue. On y trouvait aussi bien des journaux que des sucreries. Les réverbères déversaient des éclaboussures de lumière dorée. À l'instant où Victoria décidait de faire encore un effort pour se dégager, Mr Patel sortit sur le trottoir pour prendre des oranges sur un étalage. Il l'aperçut. Elle se rendait dans son magasin chaque jour d'école, mais était habituellement mêlée à une foule d'autres enfants. Elle savait qu'il était sympathique car sa tante – et aussi sa mère avant de mourir – avait déclaré que cet Indien était un brave homme.

Levant les bras pour arrêter la circulation, qui se limitait à une voiture et un vélo, Mr Patel traversa en hâte. Comme il rejoignait la fillette, elle réussit enfin à se dégager et tomba droit dans ses grandes mains réconfortantes, qui l'empêchèrent de tomber.

— Victoria, c'est bien vous ?

Se sentant sauvée, elle s'abandonna à sa détresse. Il la souleva puis tendit de nouveau un bras pour arrêter encore une voiture et une moto – il n'avait plus qu'un bras disponible, puisqu'il portait Victoria dans l'autre. Une fois dans la chaleur du café illuminé, Mr Patel la déposa sur le comptoir et demanda :

— Que faites-vous là toute seule, ma petite ?

— Je ne sais pas, répondit-elle en pleurant.

Elle disait vrai. Alors qu'elle était en cours, on lui avait annoncé que quelqu'un viendrait la chercher dans la cour de récréation avec Thomas Staveney, qu'elle connaissait à peine car il était dans une classe de petits. Plusieurs clients attendaient les services de Mr Patel. Ne sachant que faire, il regarda à la ronde et vit deux adolescentes assises à une table. Elles venaient de l'école et se restauraient avant de rentrer chez elles.

— S'il vous plaît, leur dit-il, surveillez-moi un instant cette pauvre enfant.

Les deux grandes n'avaient certainement aucune envie de s'embarrasser d'une gamine reniflante, mais elles sourirent gentiment à Victoria et l'invitèrent à cesser de pleurer. Elle sanglota de plus belle. Mr Patel était désemparé. Tandis qu'il servait des bonbons, des gâteaux, et ouvrait d'autres boissons sans alcool pour les filles, il se dit qu'il devrait appeler la police. Soudain, on vit surgir sur le trottoir opposé l'adolescent blond qui avait emmené à la force du poignet son petit frère déchaîné. Il avait l'air d'un fantôme ayant perdu l'esprit. Après avoir regardé autour de lui d'un air affolé, il empoigna les barreaux de la grille comme pour se hisser au sommet.

— Excusez-moi ! cria Mr Patel en se ruant vers la porte. Venez ici !

Edward tourna son visage affligé vers l'Indien et les lumières accueillantes du café. Sans prendre garde à la circulation, il s'élança sur la chaussée. Un motocycliste le manqua de justesse et le couvrit d'injures.

— Il s'agit d'une petite fille, dit-il en haletant. Je cherche une petite fille.

— Elle est ici, saine et sauve !

Mr Patel retourna à son comptoir, non sans garder l'œil sur le garçon qui s'était assis près de Victoria et lui essuyait le visage avec des mouchoirs en papier émergeant d'une boîte. Il paraissait lui-même au bord des larmes. Bien qu'elles fussent trop âgées pour lui, les deux adolescentes l'honorèrent d'une démonstration de féminité, les seins arrogants et les lèvres boudeuses, mais il n'y prêta aucune attention. Victoria pleurait toujours et il était lui aussi en proie à une violente émotion.

— J'ai soif ! s'écria la fillette.

Mr Patel tendit un verre d'orange pressée, en indiquant d'un geste à Edward qu'il n'était pas question de le payer.

Edward tint le verre pour Victoria, qui fut indignée d'être traitée comme un bébé alors qu'elle était une grande fille. Cependant elle accepta avec reconnaissance, car en cet instant précis elle avait très envie d'être un bébé.

— Je suis vraiment désolé, déclara Edward. J'étais censé te ramener avec mon frère.

— Vous ne m'avez donc pas vue ? demanda Victoria d'un ton accusateur.

Le garçon rougit violemment. Il semblait ne plus savoir où se mettre. C'était ce point précis qu'il se reprochait amèrement. Il avait bel et bien vu une fillette noire, mais on lui avait dit de venir chercher une petite fille et il n'avait tout simplement pas imaginé qu'il pût s'agir d'elle. Il pouvait se trouver toutes sortes d'excuses – le désordre créé par les autres enfants courant au portail, le bruit, l'attitude forcenée de Thomas. Il restait que le fond du problème, le fait incontournable, était qu'il n'avait pas vraiment vu Victoria parce qu'elle était noire. Pourtant il l'avait aperçue. Bien des gens entrant et sortant par ce portail imposant n'auraient accordé aucune importance à cet épisode, mais Edward était issu d'une famille libérale et se trouvait de plus en proie à une crise d'identification passionnée avec toutes les souffrances du tiers-monde. Dans son école, qui était nettement meilleure que celle-ci – même s'il y avait été élève autrefois –, lui et ses condisciples étaient sensibilisés par des « projets » en tout genre. Il collectait de l'argent pour les victimes du sida et de la famine, écrivait des dissertations sur ces sujets et bien d'autres injustices du monde. Jessy, sa mère, était « toujours prête » pour n'importe quelle bonne cause. Il s'était comporté de façon impardonnable et se sentait mort de honte.

— Veux-tu m'accompagner à la maison, maintenant ? demanda-t-il avec humilité à la fillette pitoyable.

Sans un mot, elle se leva et lui tendit la main pour qu'il la conduise.

— Pauvre petite fille, dit l'une des adolescentes, qui semblait émue.

— Oh, après tout, elle s'en tire bien, répliqua l'autre.

— Ce n'est pas très loin, assura Edward à Victoria.

Elle était deux fois plus petite que lui, et il se pencha pour lui annoncer cette nouvelle. Désireuse de se conduire comme une grande fille, elle se redressa tout en poussant des gémissements entrecoupés, les yeux fixés sur le visage inquiet du garçon.

— Au revoir, Victoria, dit Mr Patel d'un ton sévère destiné au grand échalas blanc.

Il lui rappelait les faucheux, ces insectes de l'été, tout en pattes et en antennes.

— À demain ! ajouta-t-il dans leur dos, en songeant qu'il ne savait rien de ce garçon et qu'il valait mieux l'informer que la petite fille n'était pas sans amis.

Cependant les deux enfants étaient déjà dans la rue. Ils avançaient d'un bon pas au milieu d'amas de feuilles humides et de flaques d'eau.

— Où allons-nous ? s'enquit plaintivement la fillette, mais d'une voix si faible qu'il ne l'entendit pas.

Il ne cessait de se pencher vers elle pour lui sourire, sans se rendre compte qu'il avait l'air d'être au supplice. Victoria commençait à penser qu'ils allaient marcher ainsi jusqu'à ce qu'elle n'en puisse plus, quand ils se dirigèrent enfin vers une maison aux fenêtres illuminées se dressant dans une rangée d'autres demeures imposantes.

Edward mit une clé dans la serrure et ils se retrouvèrent dans un vaste espace, qui rappela à Victoria les boutiques qu'elle contemplait parfois bouche bée dans High Street. Couleur, lumière, chaleur. Elle avait froid, maintenant, car le vent l'avait transpercée. Un grand miroir sur châssis reflétait Edward, tout ébouriffé par le vent, et aussi Victoria – oui, c'était elle, cette créature terrifiée, la bouche ouverte, les yeux écarquillés. Puis Edward lui enleva sa veste, qu'il jeta sur l'accoudoir d'un fauteuil rouge. Comme il s'éloignait, elle courut derrière lui en abandonnant son reflet à la surface du miroir. Ils pénétrèrent dans une pièce plus vaste que tout ce qu'elle connaissait, en dehors du hall de l'école. Edward attrapa une bouilloire, qu'il remplit à un évier, et Victoria se dit que cette partie de la pièce faisait office de cuisine. Des jouets traînaient un peu partout. Elle en déduisit que Thomas vivait ici et se demanda où il se trouvait.

— Où est-il ? chuchota-t-elle.

Edward cessa un instant de s'occuper de tasses et de soucoupes pour tâcher de comprendre ce qu'elle voulait dire.

— Oh, Thomas ? Il est parti dormir chez un ami, répondit-il. À présent, assieds-toi donc.

Comme elle ne bougeait pas, il la souleva et la déposa sur un fauteuil si doux et chaud qu'il semblait vous faire un câlin. Elle regarda à la ronde avec circonspection, de peur que ses yeux ne pussent enregistrer tout ce qu'ils voyaient. L'appartement de sa tante aurait tenu tout entier dans cette pièce immense. Tandis qu'elle s'émerveillait, elle s'écroula soudain, endormie : elle avait eu trop d'émotions.

Habitué aux petits enfants – il croyait toujours que Victoria en faisait partie, tant elle était frêle –, Edward se contenta de l'installer confortablement dans les coussins. Après quoi, il entreprit de chercher à manger dans un énorme réfrigérateur. Il ignorait où se trouvait sa mère, mais il aurait donné cher pour qu'elle fût là. Alors qu'il avait prévu de sortir retrouver des camarades de classe, il avait maintenant sur les bras cette fillette qu'il avait traitée si scandaleusement... Mieux vaut préciser qu'il était à l'orée d'une adolescence qui le verrait angoissé, tourmenté de remords, mettant en cause son propre monde, admirant avec passion tout ce qui n'était pas l'Angleterre, se vouant à n'importe quelle

16

bonne cause, plein de colère envers sa mère, considérée plus ou moins comme l'incarnation des forces de la réaction, en révolte contre son père, symbole de la frivolité et de l'indifférence face à la souffrance – sa bonne humeur ne pouvait signifier rien d'autre –, au point qu'au terme de cette période, environ huit ans après cette nuit, Jessy Staveney lui déclarerait, à l'unisson de tout son entourage : « Ta maudite adolescence, mon Dieu, *mon Dieu !* Elle a abrégé ma vie de vingt ans. »

Suivant sa coutume, Edward semblait n'avoir pas une minute à perdre tandis qu'il plongeait sa cuiller dans son yaourt sans matières grasses, enrichi de vitamine D. Il réfléchissait maussadement à son dilemme avec Victoria, laquelle continuait de dormir.

Si elle avait rêvé – elle était sujette aux cauchemars et au somnambulisme –, elle aurait pu voir apparaître sa défunte mère, souriante mais toujours inaccessible, se dérobant aux bras tendus de sa petite fille. Elle était morte cinq ans plus tôt. Victoria avait eu des oncles, mais pas de père, du moins aucun que sa mère ait été disposée à reconnaître comme tel. Pas un seul « oncle » n'était venu revendiquer la fillette ou assumer sa responsabilité. La tante de Victoria, qui était réellement la sœur de sa mère, n'avait pas d'enfants. Alors qu'elle venait tout juste de décider qu'elle avait de la chance et que les gamins n'étaient qu'une terrible corvée, elle s'était retrouvée avec une orpheline de quatre ans. Elle était assistante sociale et vivait dans un appartement de la municipalité, comprenant une chambre, un séjour, une cuisine et une douche. La résidence Francis Drake faisait partie d'une cité de quatre blocs – les trois autres s'appelaient Frobisher, Walter Raleigh et Nelson – dont les enfants se rendaient à l'école de Victoria. Elle avait réduit son existence à l'exercice de sa profession, qu'elle adorait. Cependant il lui avait fallu accueillir sa nièce, ce qu'elle fit sans se faire prier, même si elle paraissait un peu lasse.

Le matin même, malade, elle était partie en ambulance. Se souvenant de Victoria, elle avait dit à l'ambulancier que sa nièce attendrait qu'on vienne la chercher dans la cour de récréation après ses cours. L'ambulancier avait une certaine habitude de ce genre de situation. Il téléphona à l'école, ce qui n'était pas évident car la tante de Victoria ne cessait de s'évanouir sous l'effet des douleurs dues à sa maladie, laquelle finirait par l'emporter à moins de cinquante ans. Après avoir obtenu des renseignements le numéro de l'école, l'ambulancier appela la secrétaire de l'établissement et lui expliqua le problème. Elle se rendit dans la classe où Victoria copiait des phrases sur un tableau noir, en petite fille bien sage qui semblait indifférente au vacarme de ses camarades, n'ayant quant à eux aucune aspiration à la sagesse. L'enseignante dit – ou plutôt hurla – que ce n'était pas grave, Victoria pourrait rentrer avec Dickie Nicholls et elle supposait que quelqu'un viendrait la chercher. La secrétaire approuva, retourna dans son bureau, chercha le numéro des Nicholls, les appela. Pas de réponse. La mère doit travailler, diagnostiqua-t-elle – c'était également son cas. Elle essaya les numéros de plusieurs mères, et l'une d'elles finit par déclarer qu'elle-même ne pouvait les aider mais qu'ils devraient tenter leur chance avec l'élève Thomas Steevey – telle fut sa façon de prononcer « Staveney ». La secrétaire composa le numéro des Staveney et tomba sur Jessy, qui chargea son fils de ramener une petite fille en même temps que Thomas. La secrétaire n'avait pas précisé que Victoria était noire. Pourquoi l'aurait-elle fait ? Les enfants de couleur étaient plus nombreux que les Blancs à l'école, et elle-même avait la peau brune, étant arrivée d'Ouganda quand les Indiens en avaient été expulsés.

Tant de mères travaillaient que ce genre d'arrangement urgent, conclu à force de coups de téléphone, était courant. La secrétaire n'y pensa plus : Victoria serait en bonnes mains.

Quand Victoria sortit d'un sommeil bref et angoissé pour se retrouver dans cet endroit inconnu, Edward était assis à une table énorme. Une femme lui faisait face, grande, les cheveux blonds encadrant son visage, les bras étendus sur la table. Victoria l'avait déjà vue venir chercher Thomas dans la cour de récréation.

La fillette resta un instant silencieuse, de peur qu'on s'aperçoive de sa présence, mais Edward la surveillait du coin de l'œil.

— Oh, Victoria, tu es réveillée ! Viens donc dîner.

Il ajouta à l'adresse de sa mère :

— Voici Victoria.

— Bonjour, Victoria, lança-t-elle avant de terminer une remarque qu'elle était en train de faire à son fils.

Elle ne trouvait rien d'étonnant à voir une petite fille qu'elle ne connaissait pas endormie dans sa cuisine. Les amis d'Edward et ceux de Thomas allaient et venaient au gré des marées de leur vie sociale et scolaire. Elle les accueillait tous chez elle. Les mondanités de Thomas étaient particulièrement éprouvantes, car il n'avait après tout que sept ans et ne pouvait circuler librement comme Edward, qui en avait douze. Organiser ce réseau complexe de visites de telle ou telle attraction – planétarium, musées, promenades sur le fleuve, camarades avec qui manger ou dormir dehors ou à la maison – le tout en accord avec les emplois du temps et les divers enfants, constituait un tour de force. Elle était plutôt contente que la fillette fût noire, car elle reprochait constamment à Edward d'avoir un cercle d'amis beaucoup trop blanc alors qu'on vivait maintenant dans une société multi-culturelle.

Pourquoi Thomas fréquentait-il une école de seconde zone ? C'était un choix idéologique, dû surtout à son père, Lionel, un socialiste à l'ancienne. Même si Thomas serait certainement transféré le moment venu dans une bonne école, il devait pour l'instant tenter sa chance dans les bas-fonds. C'était l'expression que Jessy employait lors de ses disputes avec son ex-époux : « Voici des nouvelles des bas-fonds ! », criait-elle pour annoncer une rougeole ou un contre-temps avec une note qu'elle ne pouvait payer. Même si elle la déplorait, elle tirait pourtant parti de cette situation car elle lui permettait de regarder dans les yeux ses amis aux principes moins stricts en déclarant : « Je suis désolée, mais il faut qu'il sache comment vit l'autre moitié du monde. Lionel y tient. »

Victoria fut soulevée de son fauteuil et assise sur une chaise. Son menton arrivait à peine au niveau de la table. Edward y remédia à l'aide d'épais coussins.

— Et maintenant, qu'est-ce qui te dirait, Victoria ?

La fillette n'était pas habituée à être consultée sur ses menus. Comme rien de ce qu'elle voyait sur la table ne lui était familier, elle parut désemparée et même de nouveau au bord des larmes. Comprenant la situation, Edward entassa sur une assiette tout ce qu'il mangeait lui-même, à savoir un plat thaï apporté par Jessy, des tomates farcies du dîner de la veille et un reste de riz délicieux. Victoria était affamée. Elle goûta l'ensemble, mais seul le riz sembla convenir à son estomac. Edward, qui l'observait – comme un grand frère, en fait, comme il aurait observé Thomas –, lui trouva une part de gâteau. C'était meilleur, et elle n'en laissa pas une miette.

Jessy les regardait en silence, sans toucher à son assiette, en tenant dans ses mains fines sa tasse de thé juste sous sa bouche, de sorte qu'un nuage de vapeur s'élevait devant son visage. Elle avait de grands yeux verts. Comme une sorcière, songea Victoria. Sa mère évoquait fréquemment les sorcières. Comme sa tante n'en parlait jamais, c'était la voix chantante, incantatoire, de sa mère qui restait gravée dans l'esprit de l'enfant et lui expliquait les malheurs qui arrivaient – et ils arrivaient si souvent.

— Eh bien, qu'allons-nous faire de toi, Victoria ? dit enfin Jessy Staveney avec nonchalance, comme elle l'aurait fait devant n'importe lequel des petits enfants qui apparaissaient et dont il fallait s'occuper.

En l'entendant, Victoria ne put retenir ses larmes et se mit à gémir. Pires encore que les yeux de sorcière, ces mots étaient le refrain de ses jours et de ses nuits, aussi loin que remontaient ses souvenirs : « Que vais-je, qu'allons-nous, que devrais-je faire de Victoria ? » Elle avait si souvent été une gêne, avec les oncles de sa mère. Elle avait gêné aussi quand sa mère avait voulu aller travailler mais ne savait que faire d'elle, sa petite Victoria. Et elle savait que sa tante Marion n'avait pas vraiment souhaité sa présence, même si elle se montrait toujours gentille.

— Pauvre petite fille, dit Jessy, elle est fatiguée. Bon, il faut que j'y aille. On donne la première pièce d'un client à la Comedy et je suis obligée d'y aller. Peut-être Victoria devrait-elle simplement passer la nuit ici ?

Elle adressa cette question à Edward, qui avait lui-même les yeux pleins de larmes tant il se sentait affreusement, impardonnablement coupable dans toute cette histoire.

Victoria se tenait très droite, les poings serrés contre ses hanches, le visage levé vers le plafond d'où tombait une lumière aussi brillante que véridique, qui illuminait son désespoir irrémédiable. Les yeux fermés, elle sanglotait.

— Pauvre petite, résuma Jessy avant de quitter la pièce.

Edward n'avait toujours pas compris que la fillette n'avait pas six ou sept ans. Il la rejoignit, la souleva et l'installa sur ses genoux en la serrant contre lui. Les larmes de l'enfant mouillèrent son épaule, et en sentant ce petit corps ferme, brûlant, secoué de sanglots, il lui sembla ne guère mieux valoir qu'un meurtrier.

— Victoria, dit-il dans les intervalles de ses pleurs, ne devrais-je pas téléphoner à quelqu'un pour l'avertir que tu es ici ?

— Ma tante est à l'hôpital.

— Chez qui d'autre as-tu l'habitude d'aller ? demanda-t-il en pensant au réseau de relations qui était le sien et celui de Thomas.

— Chez l'amie de ma tante.

Cédant à la nécessité, Victoria cessa enfin de sangloter. Elle déclara que l'amie de sa tante se nommait Mrs Chadwick. Oui, elle avait le téléphone.

Edward appela plusieurs Chadwick avant de joindre une fille, nommée Bessie, qui annonça que sa mère était sortie. Non, elle ne voyait aucun inconvénient à ce que Victoria reste pour la nuit. Il n'y avait pas de lit pour elle ce soir, car Bessie recevait des amis venus regarder des vidéos.

— C'est entendu, alors, dit Edward en renonçant à ses propres projets pour la soirée.

Ce changement nécessita encore plusieurs coups de téléphone. Pendant ce temps, Victoria errait dans cette pièce immense dont elle n'avait pas encore compris qu'elle était la cuisine. Elle observait mais ne touchait à

24

rien. Une question s'imposait à elle : où étaient les lits ?

Il n'y avait pas de lits.

— Où donc dormez-vous ? demanda-t-elle à Edward.

— Dans ma chambre.

— Ce n'est pas votre chambre, ici ?

— Non, c'est la cuisine.

— Où sont les autres ?

Il ne comprenait pas ce qu'elle voulait dire. Le téléphone silencieux devant lui, la tête sur son poing, il resta assis à contempler l'enfant.

Il finit par dire, en espérant que c'était ce qu'elle attendait :

— La chambre de ma mère se trouve au dernier étage. J'ai une chambre juste en haut de l'escalier, de même que Thomas.

Une vérité monstrueuse semblait tenter de se frayer un chemin dans l'esprit déjà surmené de Victoria. Elle avait l'impression qu'Edward prétendait que leur logement ne se limitait pas à cette pièce. Victoria dormait sur un canapé-lit dans le salon de sa tante. Elle ne pouvait admettre ce qu'elle venait d'entendre. C'était impossible. Se réfugiant dans le fauteuil doux comme un câlin, elle se mit à sucer son pouce, bien qu'elle se répétât qu'elle n'était pas un bébé et devait arrêter tout de suite.

Elle avait envie de demander qui d'autre vivait ici, mais elle n'osa pas. Où étaient les autres ?

Edward ne la quittait pas des yeux, dans l'espoir d'obtenir un éclaircissement. Ce petit visage angoissé... ces larmes brûlantes... Obéissant à son instinct, il se leva, la souleva et la berça dans ses bras.

— Je vais te raconter une histoire, déclara-t-il.

Et il commença le conte des Trois Ours, que Victoria avait vu à la télévision. Elle n'avait encore jamais vraiment imaginé qu'on pût écouter une histoire sans la voir. Une voix sans images : cette nouveauté lui plut. La voix gentille du garçon, juste au-dessus de sa tête, la façon dont il imitait Papa Ours, Maman Ours et Petit Ours, sans oublier Boucle d'Or, tout en la berçant. Elle songeait qu'il la prenait pour un bébé, ce qu'elle n'était pas. Quant à lui, il savait très bien ce qu'il tenait dans ses bras : cela même dont il s'était fait le champion, sur quoi il discourait lors des débats à l'école et à quoi il avait annoncé récemment qu'il consacrerait sa vie entière – la souffrance du monde.

Quand il eut terminé le conte, il faillit demander à la fillette si elle voulait prendre un bain mais craignit qu'elle le comprenne mal.

— As-tu assez mangé ?

— Oui, merci.

— Alors je vais t'emmener te coucher.

Elle ne se couchait jamais à cette heure. Chez elle, elle veillait tard car elle ne pouvait aller dormir avant sa tante. Il lui arrivait de s'endormir pendant que sa tante regardait la télévision, et elle se retrouvait sur le sofa, encore tout habillée, avec une couverture sur son corps. Elle se cramponna à la main du garçon, qui l'entraîna rapidement en haut de l'escalier, d'étage en étage, jusqu'à une chambre bourrée de jouets. S'agissait-il d'un magasin de jouets ?

— C'est la chambre de Thomas, mais il ne verra aucun inconvénient à ce que tu dormes dans son lit cette nuit.

Personne n'avait parlé de toilettes et Victoria était au supplice. Elle le regarda en silence d'un air implorant, qu'il interpréta correctement :

— Je vais te montrer les cabinets.

Elle ignorait ce qu'étaient des cabinets mais se retrouva dans une autre pièce, aussi grande que la chambre de l'appartement de sa mère, sur un siège confortable d'un blanc immaculé. Il y avait une vaste baignoire. N'ayant jamais connu que des douches, elle aurait adoré monter dedans. Edward l'attendait devant la porte.

Il la ramena dans la chambre-magasin de jouets, de l'autre côté du palier.

— Quand j'irai me coucher, je serai au même étage que toi, dit Edward.

La panique envahit Victoria. Elle allait être abandonnée. Au-dessus et en dessous d'elle s'étendait cette grande maison vide.

— Je vais aller en bas, dans la cuisine, continua Edward.

Elle prit un air horrifié. Edward comprit enfin le problème.

— Écoute, tout va bien. Ceci est notre maison. Personne ne peut y entrer, sauf nous. Tu es dans la chambre de Thomas, la pièce où il dort. Enfin, quand il n'est pas chez un copain. Vous avez tous tellement d'amis...

Il s'interrompit, incertain. La fillette avait sûrement elle-même une foule d'amis ? Il poursuivit, maladroitement :

— Tu peux m'appeler à tout instant. Et quand ma mère se décidera à rentrer, elle aussi sera là.

Victoria s'était effondrée sur le lit de Thomas. Elle aurait voulu aller avec Edward dans la cuisine, mais n'osait le demander. Elle ne s'était pas vraiment faite à l'idée qu'une seule famille habitait dans cette maison. Une famille pouvait loger aisément dans deux pièces, voire dans une le cas échéant.

— Tu ferais mieux d'enlever ton pull et ton pantalon, dit Edward.

Elle se déshabilla précipitamment et apparut vêtue d'une culotte et d'un maillot blancs.

Il songea que l'effet était ravissant, sur cette peau noire. Cette pensée était-elle politiquement correcte ? Il n'en savait rien.

— Voici la lumière, déclara-t-il en allumant puis en éteignant, si bien que la chambre se transforma momentanément en un antre effrayant rempli de silhouettes d'animaux et d'énormes ours en peluche.

— Regarde, il y a aussi une lampe près de ton lit. Je vais laisser la porte ouverte. De cette façon, je t'entendrai.

Il ne savait s'il devait l'embrasser en lui souhaitant bonne nuit. N'étant plus emmitouflée dans ses vêtements, elle semblait d'une maigreur robuste, sans rien de la douceur d'un petit enfant.

— Quel âge as-tu, Victoria ? demanda-t-il.

— Neuf ans.

Elle ajouta d'un ton féroce :

— Je sais que je suis fluette, mais ça ne veut pas dire que je sois petite.

— Je vois, dit-il en comprenant qu'il avait commis des impairs.

Dans son embarras, il rougit de nouveau. Il s'attarda un peu sur le seuil puis annonça :

— Je vais éteindre la lumière.

Et il descendit l'escalier.

Victoria était couchée dans la pénombre, sous un duvet parsemé d'effigies de Mickey. Elle le trouvait à son goût, car elle avait eu des pantoufles Mickey quand elle était plus petite. Mais cette chambre, plongée dans cette pénombre... Elle poussa un nouveau gémissement puis ferma sa bouche avec ses deux mains. Tous ces animaux, partout... Elle n'avait jamais vu autant de peluches.

Elles s'entassaient dans les coins, couvraient une table, et plusieurs ours trônaient même sur son lit. Elle en prit un énorme, qu'elle attira contre elle comme un rempart face à ces lions et ces tigres menaçants, ces bêtes et ces personnages mystérieux, dont les yeux luisaient dans la lumière venant du palier. Elle ne pouvait pas rester ici, c'était impossible ! Peut-être pourrait-elle descendre sans bruit l'escalier, retourner dans la pièce qu'ils appelaient une cuisine et demander à Edward la permission de rester là. Elle savait qu'il était gentil. Elle sentait encore ses bras serrés autour de son corps, et elle tenta de se rappeler sa voix lui racontant l'histoire de Boucle d'Or.

Elle devait affronter un autre problème redoutable. Et si jamais elle mouillait son lit ? Ça lui arrivait parfois. Et si jamais elle marchait en dormant et tombait dans l'escalier ? Sa tante Marion lui avait dit qu'elle marchait dans son sommeil et qu'on l'avait retrouvée, endormie, près de l'ascenseur du palier. Si elle mouillait son lit, dans cette maison, elle en mourrait de honte... Sur cette pensée, elle s'endormit. Elle fut réveillée par la lumière entrant par une fenêtre qu'elle n'avait pas vue la veille. Elle se hâta de palper le lit – non, elle ne l'avait pas mouillé. Cependant elle avait de nouveau envie d'aller aux toilettes. Vêtue de sa petite culotte et de son maillot, elle sortit furtivement de la chambre et courut de l'autre côté du palier. Elle avait l'impression d'être une cambrioleuse et ne cessait de regarder avec terreur en haut et en bas de l'escalier. Des lumières étaient allumées partout. Quelle heure était-il ? Et si elle était en retard pour l'école, et si... Elle enfila son pull et son pantalon, descendit l'escalier et aperçut Edward attablé, en train de manger un toast. La femme aux cheveux d'or était invisible. Edward lui sourit gentiment, lui grilla un toast, lui offrit du thé en ajoutant la quantité de lait et de sucre qu'elle aimait. Puis il déclara qu'il allait l'amener à l'école.

Elle aurait dû avoir des sandwichs ou autre chose à manger, mais elle n'avait pas envie de poser la question. Peut-être Mr Patel... Sentant que ses lèvres allaient se remettre à trembler, elle se força à sourire. Descendant le perron avec Edward, elle quitta cette maison qui dans son esprit était pleine de pièces immenses aux allures de magasins. Elle trottina à côté de lui au milieu des feuilles mouillées amassées sur le trottoir. Il l'accompagna à ce portail qui la veille avait été si cruellement verrouillé, après quoi elle s'élança vers sa classe. En chemin, elle aperçut Thomas.

— J'ai dormi dans ta chambre, annonça-t-elle fièrement, d'un ton calme et supérieur.

Elle avait retrouvé son âge véritable, tandis qu'il n'était qu'un petit gamin.

— Pourquoi ? demanda-t-il.

— C'est ton frère qui l'a voulu.

— J'espère que tu n'as cassé aucun de mes jouets. As-tu joué avec mon Dangerman ?

Elle n'avait pas vu de Dangerman.

— Dans ce cas, ça va, dit Thomas avant de regagner sa classe.

Elle songea que ce petit garçon, nettement plus jeune qu'elle, avait passé la nuit dans un lieu étranger mais ne s'en était pas ému. Quant à elle, cette nuit avait été comme une porte ouvrant sur des perspectives et des espaces dont elle n'avait même pas imaginé l'existence. « Je veux une chambre à moi, se dit-elle. Je veux un *lieu* à moi. » Elle n'osait pas penser : « un appartement, une maison à moi », c'était trop pour elle, mais si elle avait sa propre chambre, elle pourrait s'y cacher et être en sécurité. Ces animaux féroces dans la chambre de Thomas, avec leurs yeux luisants, étaient des dangers capables de la poursuivre, de la rattraper. Si elle avait sa propre chambre, elle pourrait aller se coucher quand elle en aurait envie au lieu de devoir attendre que tante Marion soit fatiguée. Elle pourrait avoir une lampe près de son lit et l'éteindre. « Un lieu à moi, ma propre... » : voilà ce qu'apporta dans sa vie cette nuit qui avait été comme un pays des merveilles. Ces moments n'avaient pourtant pas été des plus commodes, ni même agréables. Elle s'était comportée comme un bébé, non comme une grande fille, et elle avait honte en pensant à l'opinion qu'Edward devait avoir d'elle. Sa surprise ne lui avait pas échappé, quand elle lui avait révélé qu'elle avait neuf ans.

Lorsque le jour s'assombrit, en fin d'après-midi, elle attendit près du portail donnant sur la rue que quelqu'un vienne la ramener chez elle. Elle espérait qu'Edward viendrait chercher Thomas. Elle comptait lui sourire en vraie grande fille, au lieu de pleurnicher comme une idiote. « Bonjour, Edward ! », lui dirait-elle. Et il s'exclamerait : « Tiens, Victoria, c'est toi ! » Mais une femme arriva avec deux enfants plus âgés, et Thomas se précipita vers eux en criant. Victoria était affamée. À l'heure du déjeuner, elle était allée chez Mr Patel pour qu'il lui donne un gros paquet de chips qu'elle aurait payé le lendemain, mais il était absent et elle ne connaissait pas la fille qui se tenait derrière le comptoir. Si Phyllis Chadwick, l'amie de sa tante, venait la chercher, peut-être lui achèterait-elle du chocolat ou autre chose. Toutefois ce fut la fille de Phyllis qui arriva, Bessie, qui était plus âgée qu'elle. Victoria avait des excuses toutes prêtes pour les problèmes créés par les autres, mais Bessie déclara :

— Pas de chance, ma pauvre petite. Ta tante est très malade. Tu habiteras avec nous jusqu'à son retour.

Tout en courant à côté de la grande fille, Victoria demanda :

— Je t'en prie, tu n'aurais pas du chocolat ou autre chose à manger ?

— On ne t'a rien donné pour le déjeuner ?

— Ils ont oublié, ils ne savaient pas... répondit Victoria qui tenait absolument à innocenter le noble Edward.

Bessie entra dans un « fish and chips », où elle acheta deux barquettes de frites qu'elles mangèrent en marchant.

Mrs Stevens – tante Marion – rentra de l'hôpital dans un état misérable. Son corps autrefois imposant était déjà squelettique. Elle devait sans cesse retourner d'urgence subir des traitements qui l'affaiblissaient cruellement. Victoria prenait soin d'elle. Après les cours, elle n'allait pas jouer chez d'autres enfants mais rentrait directement chez elle pour faire office d'infirmière. À l'école, elle était appliquée et recevait beaucoup d'éloges. Elle passait ses soirées à faire ses devoirs ou à regarder la télévision, qui l'informait de l'état du monde.

Un après-midi, sa tante l'envoya chercher des médicaments indispensables. Victoria se trompa de direction et se retrouva dans une rue qu'elle avait l'impression de connaître. Dans son esprit, la maison où le grand garçon si gentil s'était occupé d'elle appartenait au monde de ses rêves, à une autre dimension n'ayant rien à voir avec la banalité du quotidien. Elle se rappelait un lieu de chaleur et de couleur flamboyante, une chambre regorgeant de jouets. Parfois, elle s'arrêtait devant des magasins de High Street et se disait que ç'avait été ainsi – oui, la même richesse, la même abondance.

Si jamais cette maison avait un emplacement géographique, c'était au loin, dans un quartier reculé de Londres. N'avait-elle pas eu mal aux jambes ? Edward avait dû la traîner derrière lui pendant une éternité ! Et pourtant, n'était-ce pas cette maison, juste devant elle, à moins de dix minutes à pied de l'appartement de sa tante ? Oui, c'était bien elle. Vraiment elle ? Oui, pas de doute. À cet instant, un enfant apparut sur le trottoir, courut dans sa direction, mais obliqua vers une porte, gravit un perron. Thomas. Il avait grandi, ce n'était plus un petit garçon. Il tendit la main vers une sonnette, la porte s'ouvrit presque aussitôt et il se rua à l'intérieur. Elle aperçut fugitivement cette pièce dont elle savait maintenant, grâce aux films qu'elle avait vus, qu'il s'agissait d'un vestibule, plein de lumière et de couleur.

Depuis lors, elle se rendit souvent en secret à la maison. Elle restait immobile devant ou faisait les cent pas, partagée entre l'espoir de passer inaperçue et le désir non moins fort que quelqu'un la remarque. Les Noirs ne vivaient pas dans ce quartier, ou du moins pas dans cette rue. Un jour, elle aperçut Edward, encore plus grand qu'autrefois. Il passa rapidement, sans la voir – il ne voyait personne –, si proche qu'elle aurait pu le toucher. Il gravit le perron d'un bond et entra avec sa propre clé. Victoria aussi avait sa clé, attachée à un ruban autour de son cou, de façon que sa tante n'ait pas à se fatiguer en se levant pour aller ouvrir. Elle vit aussi plus d'une fois la grande femme que ses cheveux rendaient semblable à Boucle d'Or dans son souvenir – mais à présent, ils étaient ramenés au sommet de sa tête. Elle était peu soignée, semblait toujours agitée, occupée à ne pas lâcher son sac à main, des cabas, des paquets. Victoria la regardait d'un œil critique, car pour elle tout ce qui sortait de cette maison devait être parfait. Si elle avait eu une chevelure pareille, elle ne se serait pas contentée de cette masse informe d'où s'échappaient des mèches. Et elle revoyait parfois Thomas. Aucun d'eux ne la reconnaissait. L'impression de Victoria, c'était qu'ils ne la voyaient pas. Un jour qu'Edward arrivait à grandes enjambées – il avait seize ans, aux yeux de Victoria ce n'était plus un garçon mais un homme –, elle fut tentée de lui crier : « C'est moi, Victoria ! Vous ne me reconnaissez pas ? » Puis elle songea que si Thomas et son frère ne ressemblaient plus à son souvenir d'eux, il devait en aller de même pour elle, une fille en pleine croissance, grande pour son âge, qui ne fréquentait plus les petites classes.

Le plus extraordinaire, à ses yeux, c'était que cette maison – ce rêve si lointain qu'elle n'avait jamais espéré le revoir – était en fait toute proche, à quelques pas de chez elle.

Dans l'appartement de sa tante Marion, elle dormait encore sur le sofa du salon. Les nuits où sa tante se sentait mal, elle installait le sofa dans la chambre pour être là quand la malade se réveillait et demandait de l'eau ou une tasse de thé, ou disait de sa voix pâteuse, terrifiée : « Victoria, tu es là ? » Les nuits de Victoria étaient troublées et elle avait du mal à suivre ses cours. La meilleure amie de sa tante, Phyllis Chadwick, dont Bessie était la fille, venait voir comment les choses se passaient. Elle contrôlait Victoria pour le compte des autorités. Victoria ne s'en offensait nullement. Elle rêvait d'être aidée, par n'importe qui. Parfois, Bessie venait et restait avec tante Marion pendant que Victoria allait faire des courses ou simplement se promener. Dans la journée, quand elle était à l'école, des aides ménagères et des infirmières faisaient un saut. En réalité, Marion Stevens aurait dû être à l'hôpital, car elle avait besoin de soins à plein temps. C'était ce que Phyllis Chadwick disait. Et Victoria pensait : « Si je n'étais pas là, il faudrait faire quelque chose. Mais comme je suis là, tout le monde s'en fiche. »

À présent, quatre ans avaient passé depuis la nuit où le grand garçon s'était montré si gentil – telle était la vision des événements qu'elle avait gardée dans son esprit et dans ses rêves. Sa tante était vraiment très mal. Un cancer. C'était sans espoir, comme Marion elle-même le disait à Victoria. L'infirmière, originaire elle aussi de la Jamaïque, lui avait dit : « Il y a un temps pour vivre et un temps pour mourir. Votre heure approche, louez le Seigneur. »

Marion Stevens avait toujours fréquenté l'église, mais pas la même que cette infirmière. Néanmoins elles priaient souvent ensemble, et Victoria les avait même entendues chanter des cantiques. Elle trouvait malaisé de louer le Seigneur, avec cette femme affreusement malade qu'elle avait sous les yeux nuit et jour. L'église lui plaisait, quand elle avait le temps de s'y rendre, car elle aimait chanter, mais il fallait maintenant qu'elle reste avec sa tante. L'infirmière lui déclara qu'elle serait récompensée au Ciel pour ce qu'elle faisait pour sa tante, et Victoria garda le silence. La réponse qu'elle avait envie de faire aurait été trop brutale.

Tout était si difficile. Essayer d'aller à l'école, faire ses devoirs alors que sa tante ne cessait de l'interrompre en gémissant : « Victoria, tu es là ? » Il arrivait qu'elle ne pût quitter la malade, car l'aide ménagère ne semblait pas devoir venir. C'était fréquent, tant les aides étaient surmenées, chargées d'un trop grand nombre d'êtres désemparés. Souvent aussi les infirmières ne restaient pas. Elles vérifiaient les pilules, ou lavaient le corps qui sentait la maladie, puis elles filaient. « Je ne serai pas infirmière, jamais », se promettait Victoria. À l'école, on lui proposait cette voie. Elle réussirait les examens, lui disait-on, elle était intelligente. On lui répétait qu'il était temps de penser à son avenir. Bessie allait devenir infirmière. Grand bien lui fasse ! se disait Victoria. Quant à elle, plutôt mourir.

Les professeurs étaient fiers d'elle. Il n'y avait pas tant d'enfants capables de faire quelque chose, dans cette école, la plupart finiraient sans doute à la rue. Quand elle ne pouvait aller en classe, ils lui pardonnaient et lui trouvaient des excuses. Ils connaissaient sa situation, lui demandaient des nouvelles de sa tante et la plaignaient. L'un d'eux offrit des prières, un autre alla jusqu'à leur rendre visite – Victoria savait bien qu'il voulait contrôler ses activités, mais cela lui permit de sortir faire des courses. L'aide ménagère semblait se tromper constamment, bien que Victoria laissât des listes sur la table de la cuisine, en remplissant de son écriture soignée les rubriques Provisions ou Médicaments. Ce qui concernait le pharmacien était toujours plus long que les indications pour le supermarché.

— Il faut que tu manges, ma petite, disait Phyllis Chadwick.

Elle lui apportait un peu de soupe ou une part de gâteau, mais Victoria se sentait en permanence écœurée par l'odeur de la maladie de sa tante. Par moments, elle avait l'impression de sombrer lentement dans l'eau noire et sale qu'était la maladie, de s'enfoncer de plus en plus, mais là-haut, très loin au-dessus de sa tête, il y avait de l'air, de la lumière, des odeurs pures et délicieuses. Quand elle n'en pouvait plus, elle disait à sa tante qu'elle serait rentrée dans une minute, et elle courait à travers les rues, s'arrêtait devant la maison des Staveney en pensant à ce qui se trouvait à l'intérieur. De l'espace, de la place pour tout le monde. Elle avait maintenant compris ce qui était resté si longtemps confus dans son esprit : cette maison abritait une seule famille, à savoir la femme blonde, qui était la mère, Edward et Thomas. Elle ne s'était jamais étonnée de l'absence du père. Aucune des familles de sa connaissance n'avait un père, du moins pas un vrai père, à demeure.

Sa tante Marion ne s'était jamais mariée. Au temps où elle se sentait assez bien pour s'intéresser à sa propre histoire, elle avait déclaré à Victoria qu'elle n'avait pas d'homme dans sa vie mais que c'était autant de chagrin de moins. Elle ne s'était jamais expliquée davantage. Cependant, s'il y avait eu un homme dans les parages, se disait Victoria, même un oncle, il aurait pu l'aider. Elle devait tout faire elle-même, penser aux impôts, aux factures de l'eau, du gaz et de l'électricité, manquer l'école pour être à la maison lors des relevés des compteurs, aller chercher à la poste l'argent de sa tante. « Tu es une brave petite, lui disait Phyllis Chadwick. Tu es vraiment une brave petite. »

Toutefois ne devenait-elle pas trop vieille pour être considérée comme une brave petite ? Elle avait près de quatorze ans. Elle avait des seins, à présent. Elle n'était plus une petite fille, mais elle dormait sur le sofa avec tous ses biens enfermés dans une valise recouverte d'une étoffe pour ressembler à un siège, et ses habits étaient suspendus à une tringle dans un coin de la chambre de sa tante. Victoria priait le Ciel qu'un lieu lui soit accordé un jour, une chambre à elle. À la mort de sa tante, elle s'installerait dans sa chambre, et ce serait chez elle.

Durant les dernières semaines de l'agonie de sa tante, Victoria n'alla pas à l'école. Elle se contentait de rester près du lit de mort. Son identification à la maladie était telle qu'elle avait des douleurs au ventre – un cancer à l'estomac. C'était comme un long cauchemar sombre et malodorant : allées et venues d'infirmières, médicaments, préparation de tasses de tel ou tel breuvage, qui refroidissait sans être bu au chevet du lit tandis que sa tante criait de douleur et que Victoria mesurait une autre dose de calmant. « Pourquoi ma tante ne peut-elle pas aller à l'hôpital ? », demandait Victoria à Phyllis Chadwick. Mais elle lui répondait que cela n'arriverait qu'à l'extrême fin, et en attendant Victoria était une si brave petite. « Et elle t'a donné un lit et un toit. Ne l'oublie pas, Victoria. Elle a fait ça pour toi. »

Marion fut enfin hospitalisée. Victoria passait presque toute la journée à son chevet, bien qu'il fût douteux que sa tante eût conscience de sa présence. « On ne sait jamais », disait Phyllis Chadwick. Les infirmières l'approuvaient. « De nos jours, on se demande s'ils ne sont pas conscients de ce qui se passe. » Ce « de nos jours » ne se rapportait pas à une aptitude récemment acquise par les mourants, mais à des idées nouvelles d'après lesquelles les malades sauraient tout ce qui se produisait autour d'eux, même plongés dans le coma ou à moitié morts. Ou même morts ?

Quand la tante Marion mourut, l'organisation des funérailles sembla incomber à Victoria, sous la direction de Phyllis. Néanmoins une assistante sociale se chargea de signer les formulaires, car Victoria était trop jeune. « Si je suis trop jeune pour signer les formulaires, songea-t-elle, pourquoi ne l'étais-je pas également pour m'occuper de ma tante ? »

En se retrouvant dans l'appartement vide, Victoria ouvrit les fenêtres pour faire sortir l'odeur de mort et de médicaments. Quand tout serait de nouveau frais, elle s'installerait dans la chambre de sa tante... Puis arriva un homme, qui se montra consolant et plein d'égards pour son deuil d'orpheline seule au monde mais lui demanda où elle comptait aller. Elle répliqua :

— Je vais rester ici. Dans l'appartement de ma tante.

— Mais vous n'avez que quatorze ans, dit l'homme. Vous ne pouvez pas vivre seule.

Victoria ne comprit pas vraiment qu'elle ne pouvait occuper cet appartement, avoir son propre lieu, jusqu'au moment où Phyllis Chadwick vint lui dire qu'elle ferait mieux de venir chez elle.

— Nous te ferons de la place, déclara-t-elle. Nous te mettrons avec Bessie.

Elle avait déjà trois enfants.

— Mais je veux rester ici ! s'entêta Victoria.

Elle continua de protester, puis supplia, pleura et refusa de partir. Puis Phyllis entra un jour dans l'appartement avec un fonctionnaire – étant elle aussi assistante sociale, elle connaissait les autorités compétentes. Le fonctionnaire allait mettre un verrou à la porte, afin que l'appartement reste vide jusqu'à ce qu'un locataire d'âge légal vienne l'habiter.

Victoria était abasourdie. Cette injustice la tétanisait. Pendant des années, elle avait pris soin de sa tante, pensé aux paiements des factures, aux horaires des médicaments, fait le ménage. Personne ne semblait la trouver trop jeune pour ces tâches. Et voilà que Phyllis Chadwick et cet homme l'entraînaient maintenant vers la porte, en la tenant chacun par un bras, tandis qu'elle hurlait : « Non, non, non ! » Elle finit par se taire de nouveau, les lèvres serrées. Ils la lâchèrent sur le trottoir, devant l'immeuble – elle devait regarder jusqu'au dixième étage pour voir les fenêtres de sa tante. Phyllis lui lança :

— À présent, Victoria, ça suffit, ma petite.

Cependant Victoria n'avait pas ouvert la bouche depuis qu'elle était sortie de l'appartement.

Son aspect terrifiait ses deux compagnons. Elle tremblait de fureur, d'émotion, semblait prête à exploser. Son regard était féroce, enragé.

— Voyons, Victoria, tu n'as quand même pas cru qu'on te permettrait de vivre seule à quatorze ans ?

C'était pourtant exactement ce qu'elle avait cru, ce qu'elle croyait encore juste.

Elle finit par rentrer chez Phyllis Chadwick, qui lui montra un autre canapé-lit dans la chambre de Bessie, laquelle était gentille mais se sentait furieuse. Alors qu'elle venait d'obtenir enfin cette chambre, un espace petit mais à elle, voilà qu'elle devait le partager. Outre la cuisine et le salon, cet appartement se composait de trois pièces exiguës. Les deux petits garçons, des garnements bruyants, dormaient avec leur mère dans sa chambre. Une autre chambre était occupée par le grand-père de Phyllis, qui était très vieux et se mourait d'un mal quelconque – Victoria n'avait pas envie de savoir lequel, elle avait eu son compte de maladie et d'agonie. La petite chambre était d'abord revenue aux deux garçons, mais Bessie préparait des examens et avait besoin de calme. Apparemment, Phyllis ne méritait pas d'être au calme et avait dû s'accommoder de la présence des garnements. Ce fut cette pensée qui convainquit Victoria qu'elle devait se montrer reconnaissante de ce qu'on lui offrait. Elle exposa sa situation à l'école, et les professeurs dirent qu'elle pouvait y rester un an de plus pour compenser. Il ne fut plus question de bourse et d'université : elle avait pris trop de retard. Elle pourrait rentrer dans une école de commerce et étudier la comptabilité. Elle était douée pour le calcul.

Étant trop âgée, elle se sentait isolée dans sa classe. Sa solitude était accrue par son expérience de la maladie et des responsabilités. Les autres élèves étaient des enfants, à ses yeux. L'école tout entière semblait avoir rapetissé, comme cela arrive avec les gens et les lieux. La cour qui lui était apparue, en cette soirée lointaine, comme une immensité périlleuse, peuplée d'agresseurs armés de couteaux, n'était qu'un endroit

minable et dérisoire, elle le savait maintenant, si exigu que les enfants n'avaient pas
la place d'y jouer pendant les récréations.
Cette cour lui paraissait résumer la situation, avec ses murs de ciment gris et de
vieilles briques humides. On aurait cru
qu'elle était destinée aux séances d'exercice
de prisonniers. C'est assez bien pour nous,
songeait-elle avec amertume. Elle était sûre
qu'Edward et Thomas n'allaient pas dans
une école où le terrain de jeu faisait penser
à une cour de prison. Bien sûr, ils allaient
à la piscine une fois par semaine pendant
l'été, mais c'était tout. Bien assez bon pour
les gens des classes inférieures. Assez bon
pour le quart-monde. « Voilà ce que nous
sommes », se disait-elle. Elle tenait ce langage des brochures et des manuels d'assistante sociale de Phyllis Chadwick.

Elle savait qu'elle aurait dû être reconnaissante envers cette femme, qui était
pleine de bonté. Sans elle, elle aurait fini
à l'Assistance publique. « Considère-nous
comme ta famille, lui disait Phyllis. Appelle-
moi tante Phyll. »

En rentrant de l'école, Victoria faisait un
détour pour passer devant la maison des
Staveney. Un jour, elle vit un grand garçon
blond s'avancer sur le trottoir et obliquer
vers la porte. Edward, pensa-t-elle, pleine
de nostalgie pour cette gentillesse d'il y
avait si longtemps. Puis elle comprit qu'il

s'agissait de Thomas, qui ressemblait beaucoup à son frère. Il remarqua Victoria, fronça les sourcils et entra dans la maison. Victoria n'avait plus rien d'une maigre fillette noire aux nattes raides. Elle était grande et mince. Phyllis Chadwick l'avait envoyée chez une amie coiffeuse, et la jeune fille arborait désormais une coiffure « afro », nette et douce, qui encadrait un joli visage au menton pointu et à la bouche charnue, que Bessie considérait comme son meilleur atout : « Veinarde ! À toi d'en tirer parti, maintenant ! » Victoria estimait quant à elle que ses grands yeux étaient ce qu'elle avait de plus remarquable.

Cela faisait trois ans que Thomas n'allait plus dans leur école. Il fréquentait le genre d'établissement auquel les gens comme les Staveney confiaient leurs fils – Victoria était suffisamment avertie pour n'en pas douter.

Elle se mit à préparer ses examens. Il lui arrivait de regarder furtivement la maison des Staveney, mais sans apercevoir Thomas.

Elle réussit assez bien ses examens, toutefois ses résultats n'avaient rien à voir avec ce qu'on attendait d'elle avant la maladie de sa tante. Elle trouva aussitôt un travail. Mr Patel, qui l'avait toujours appréciée, déclara que son frère, qui tenait une petite boutique de vêtements, avait besoin d'une vendeuse capable de s'occuper des comptes. Elle gagnerait assez pour donner à Phyllis

Chadwick une somme pour son entretien, mais elle était loin de pouvoir avoir un lieu à elle, son rêve de toujours. Elle n'était pas seule dans ce cas. Phyllis elle-même avait chaque nuit dans sa chambre deux garçons turbulents. Il arrivait qu'on les séparât pour avoir la paix – l'un dormait au salon, l'autre avec Phyllis –, toutefois à eux deux, ils pouvaient rendre le petit appartement aussi bruyant qu'un champ de foire. Bessie, qui voulait devenir infirmière et avait besoin d'espace pour étudier, utilisait la table de la cuisine, où la lumière était bonne, mais elle était constamment dérangée par ses frères. Même si elle s'entendait bien avec Victoria, elle savait que sans son amie elle aurait pu avoir une chambre pour elle toute seule.

Le vieillard – le grand-père de Phyllis – occupait une chambre entière, avec sa petite télévision, sa radio et des piles de magazines. Il avait eu une attaque et était à moitié paralysé. Comme pour la tante de Victoria, des infirmières et des aides ménagères allaient et venaient pendant que Phyllis, Bessie et Victoria étaient au travail. Assis dans un grand fauteuil, son corps se réduisait à des creux et des bosses sous une tête énorme, qui évoquait celle d'un lion. Près de lui, sur le sol, une bouteille était toujours remplie d'urine malodorante, jaune foncé. Une chaise percée se dressait dans un coin. Ses vieilles jambes maigres et noueuses reposaient sur un tabouret. La peau noire était sillonnée de crevasses paraissant remplies de cendre grise. Phyllis enduisait de pommade ses pieds et ses jambes, mais sans résultat. Tout le monde pensait en secret qu'il ferait mieux de mourir, de quitter sa vie misérable et insatisfaite. De cette façon, les garçons auraient enfin une chambre où faire leur tapage derrière une porte close.

Bessie était gentille avec le vieillard : elle y voyait un exercice utile pour sa formation. Victoria faisait consciencieusement son devoir, vidait la bouteille d'urine et parfois la chaise percée, mais elle avait cela en horreur. Bien qu'elle travaillât pendant de longues heures et dût s'occuper de quatre enfants en plus du vieillard, Phyllis trouvait parfois le temps de lui tenir compagnie. Il déclarait que personne ne s'intéressait à lui.

Phyllis annonça à Victoria :

— Il faudrait que nous ayons une conversation sérieuse, ma petite. Quand pourrions-nous parler un peu ?

Ce n'était possible que le dimanche. Un dimanche soir, alors que les garçons arpentaient les rues avec leur bande en quête de mauvais coups et que Bessie s'était retirée dans sa chambre, Victoria et Phyllis fermèrent la porte du vieillard. Comme il se plaignait, Phyllis assura :

— Ce n'est que pour un petit instant, grand-père.

Victoria était persuadée que Phyllis allait lui demander de partir. Rien ne pouvait justifier sa présence en ces lieux, où elle ne faisait qu'ajouter aux fatigues d'une femme surmenée.

— Prépare-nous donc une bonne tasse de café bien fort et viens t'asseoir ici, dit Phyllis en laissant tomber sa masse imposante sur un canapé.

Elle s'étendit confortablement et parut tentée de s'endormir sans autre forme de procès.

— Victoria, reprit-elle, je sais que tu t'es dépêchée d'accepter cette place de vendeuse parce que tu voulais me donner de l'argent, mais cela me fait de la peine, ma petite, tu pourrais trouver tellement mieux.

Elle donna cet avis sur le ton de quelqu'un qui a médité ses propos – plusieurs nuits de suite, dans le cas de Phyllis. À l'origine de cette scène, il y avait une histoire dont ni Victoria ni Bessie n'avaient la moindre idée. Même le grand-père n'en connaissait que des bribes.

Les grands-parents de Phyllis Chadwick étaient venus à Londres après la Seconde Guerre mondiale, avec la vague d'immigrants invités à se charger des tâches rebutantes dont les travailleurs anglais ne voulaient pas. Ils avaient rêvé de rues pavées d'or et trouvé... Mais cette histoire est bien connue. Une vie pénible, une époque dure, et le jeune couple avait deux enfants, dont la future mère de Phyllis. D'un tempérament rebelle, elle était tombée enceinte à quatorze ans et avait subi un avortement bâclé, à la suite duquel on lui déclara qu'elle resterait stérile. Elle crut alors pouvoir s'adonner au plaisir sans crainte des conséquences, mais attendit de nouveau un enfant – Phyllis. Le père de Phyllis, car elle devait bien en avoir un, ne se manifesta jamais, et sa mère garda pour elle ce qu'elle savait à ce sujet. La très jeune mère se réfugia avec son enfant chez ses parents, lesquels la sermonnèrent mais assurèrent leur subsistance. Dans le souvenir de Phyllis, sa mère ne cessait de crier. En fait, elle était un peu folle. Elle pouvait disparaître des jours durant pour faire la noce et se saouler, après quoi elle revenait au bercail, maussade et silencieuse, entendre les reproches de ses parents qui avaient dû s'occuper de Phyllis. Elle finit par se faire tuer lors d'une bagarre. Phyllis en fut soulagée. Elle fut prise en charge par son grand-père, qui se trouvait maintenant derrière cette porte d'où s'échappait le vacarme de la télévision et de la radio qu'il écoutait souvent simultanément. Quant à sa grand-mère, elle se montrait gentille mais sévère à cause du mauvais exemple de sa mère. Chaque jour de sa vie, Phyllis s'entendait dire : « Tu as le vice dans le sang. »

Elle travailla dur à l'école, décidée à ne jamais s'adonner aux saouleries, aux vagabondages, aux bagarres. Son ambition était d'avoir son propre toit et sa propre famille. Après avoir passé ses examens, elle perdit un moment la grâce, pour reprendre l'expression de ses grands-parents. C'est-à-dire qu'au lieu de s'en tenir à un emploi, elle ne cessa d'en changer, mue par un sentiment de puissance, de liberté. Elle était corpulente, pleine de bon sens et assez jolie. Elle travailla comme caissière, vendit des chaussures dans une boutique d'Oxford Street, servit des repas dans les grandes foires commerciales d'Earl's Court, fut serveuse dans une cafétéria. Elle adorait cette vie. À cause de l'argent : quelle merveille que d'en récolter chaque semaine comme par magie. Mais ce qu'elle gagnait vraiment, c'était la liberté d'agir à sa guise. Elle gardait un emploi aussi longtemps qu'il lui plaisait. Puis elle passait un nouvel entretien d'embauche, qui était le moment qu'elle préférait. On l'appréciait, on la choisissait quelquefois parmi des dizaines de postulants. Quelque chose en elle inspirait confiance aux employeurs. Tandis que ses grands-parents maugréaient et lui prédisaient un avenir d'évaporée et une vieillesse infâme, elle avait l'impression de danser en plein ciel, d'être maîtresse d'elle-même et de son avenir. Puis le destin la rattrapa en la personne du père de Bessie – mais non des garçons. Elle dut passer aux choses sérieuses. Elle commença au dernier échelon des services sociaux et obtint en temps voulu un appartement, où elle vivait encore aujourd'hui. À la mort de sa grand-mère, qui en fait lui avait tenu lieu de mère, elle devint responsable de son grand-père. « Il m'est tombé dessus comme le vieil homme de la mer », disait-elle. Mais elle n'avait pas agi que par gratitude. Elle aimait ce vieillard qui, lorsqu'on le voyait nu, ressemblait à une marionnette pendant au bout de ses fils, maigre et flasque, avec sa tête énorme où demeurait toute l'histoire de sa vie.

— Ma petite Victoria, dit Phyllis, que fait une fille intelligente comme toi dans cet emploi minable ?

— Qu'attendez-vous de moi ? Que dois-je faire ?

Phyllis avait envie de répondre : « Au nom du Ciel, démène-toi, profite de cette période ! Parce que ensuite, tu rencontreras un homme et tu seras fichue. » Cependant elle ne voulait pas éveiller le vice qui devait sommeiller dans son sang. De toute façon, le démon guettait les femmes, avec son déguisement de sourires et de flatteries.

Se penchant en avant, elle prit les deux jeunes mains dans les siennes et refusa de songer à la mauvaise influence qu'elle pourrait exercer.

— On n'a qu'une jeunesse, déclara-t-elle. Même si l'apparence n'est pas tout, tu es jolie. Aucun fardeau ne t'accable encore.

Victoria nota cet « encore », qui révélait quelle vision Phyllis Chadwick avait de sa propre vie.

— Tu pourrais trouver d'autres emplois, Victoria. Si tu n'essaies pas, tu ne sauras jamais ce dont tu es capable.

Elle se retint d'ajouter : « Puisque j'ai pu dénicher un bon petit travail avec mon physique médiocre, à quoi ne pourrais-tu pas prétendre avec ton visage et ta silhouette ? »

— Il ne faut pas te limiter à ce que peut t'offrir ce quartier. Fais donc un tour à Oxford Street et Knightsbridge, ou même à Brent Cross. Choisis l'endroit le plus chic que tu verras, entre sans hésiter et dis que tu cherches un travail.

Elle poursuivit en évoquant la carrière de mannequin, qui l'aurait attirée plus que tout mais que son physique lui interdisait.

— Pourquoi pas ? Tu as un corps magnifique et un visage qui ne gâte rien.

Elle proposait à Victoria le meilleur de son expérience, et tout ce qu'elle n'avait pu réaliser. Phyllis Chadwick, la descendante d'esclaves dont le nom, Chadwick, avait été celui de leur propriétaire, savait qu'elle avait valu assez pour travailler dans des endroits dont ses parents n'auraient pu franchir le seuil. Tandis qu'elle parlait, une appréhension ne la quittait pas : « Ne suis-je pas en train de la mettre en danger ? Mais elle est pleine de bon sens, de sang-froid. Il ne peut rien lui arriver. »

54

Elle donna de l'argent à Victoria, en lui disant de s'acheter des vêtements à la mode mais pas trop voyants.

Victoria ne perdit pas un mot de ces propos, et se promit de réfléchir à ce que sa bienfaitrice lui avait appris de sa vie.

Après s'être équipée, elle commença par le sommet, encouragée par les sermons de Phyllis, et se rendit à Oxford Street car elle ne connaissait encore rien de plus élégant. Pendant un moment, elle vendit du parfum. Quand elle comprit qu'Oxford Street n'était pas l'empyrée, elle devint vendeuse dans une boutique vraiment chic. Puis ce travail l'ennuya et elle le quitta, car l'exemple de Phyllis l'incitait à voir des imperfections même dans ce qu'il y avait de mieux. Elle détestait vendre à des femmes trop laides ou trop vieilles de belles toilettes qui auraient fait – et faisaient effectivement – nettement plus d'effet sur elle. Elle posa alors pour un photographe. Des clichés sans rien de pornographique, mais suffisamment osés pour la gêner. Après quoi, se révélant aussi contradictoire que Phyllis, qui la poussait en avant tout en lui conseillant la prudence, elle posa nue pour un autre photographe. Cependant elle ne cessait de mettre de l'argent de côté, afin d'amasser de quoi avoir enfin un endroit à elle – à elle seule.

Comme les séances dénudées semblaient aboutir inéluctablement à coucher avec le photographe, elle s'en alla.

Le grand-père mourut. Devant le chagrin de Phyllis, les jeunes gens comprirent qu'il avait été bien davantage qu'un vieillard à moitié mort, avec sa bouteille d'urine et son odeur âcre, usurpant une place que les vivants auraient mieux employée.

Les deux garçons s'installèrent dans sa chambre. Phyllis dit à Bessie et Victoria qu'elle n'avait encore jamais eu, de toute sa vie, sa propre chambre. En se retrouvant dans un lieu à elle, elle pleura bel et bien de reconnaissance envers la vie, le destin ou Dieu.

Bessie, une jeune femme pourtant gentille et facile à vivre, déclara à Victoria, alors qu'elles parlaient dans l'obscurité, couchées dans leur petite chambre, que le vieil homme, son arrière-grand-père, l'avait toujours embarrassée par sa grossièreté. « C'est la vérité, Victoria. Certains de ses propos me mettaient vraiment mal à l'aise. »

Victoria ne fit pas de commentaires. Elle savait sur quels fondements misérables Phyllis avait dû construire sa vie. En fait, Bessie comprenait moins bien qu'elle sa propre mère. C'était naturel, car elle avait eu la vie facile. Victoria était plus proche de Phyllis.

Toutefois elle ne se doutait pas quelle émotion, quelle inquiétude, quelle angoisse elle éveillait chez sa bienfaitrice. Phyllis avait vécu comme le faisait Victoria à présent, en dansant au bord de l'abîme. Même si elle encourageait Victoria, accueillait avec exultation ses succès, un nouveau travail prestigieux, le compliment d'un employeur ou d'un client, elle pensait secrètement que rien au monde n'était aussi périlleux qu'une jolie jeune femme livrée à elle-même. « Heureusement, songeait-elle, quand nous sommes jeunes, nous ignorons que nous sommes semblables à des bâtons de dynamite ou à un feu d'artifice dans une boîte placée trop près d'un brasier. »

Oui, avec l'âge, on comprenait pourquoi certains estiment qu'il faudrait garder les jeunes sous clé ! En voyant Victoria partir travailler, d'une beauté à couper le souffle, Phyllis Chadwick se disait : « Seigneur, ma petite, tu es une vraie catastrophe en puissance, même si tu marches les yeux baissés et l'air innocent, sans onduler des hanches ou jouer les allumeuses, même si tu n'as pas permis à ce photographe d'aller trop loin. (Phyllis était au courant du premier épisode, mais non de celui des poses nues.) Il n'empêche, ma belle, que tu joues avec le feu. J'étais comme toi, et je n'avais aucune idée de ce que j'étais. Il m'arrive encore d'avoir des sueurs froides à l'idée des risques que je courais. »

— Ne t'en fais pas comme ça, maman, dit Bessie à sa mère après avoir regardé Victoria partant jouer les croupiers dans une maison de jeu. Elle a la tête sur les épaules.

— Je l'espère, ma chérie, répliqua Phyllis.

Elle songea combien il était étrange que sa propre fille, qu'elle aimait évidemment comme la chair de sa chair, fût séparée d'elle par un gouffre immense d'incompréhension. Jamais le fossé entre les générations n'est aussi cruel que pour des parents qui ont peiné pour procurer l'aisance et la sécurité à leurs enfants, lesquels n'ont pas conscience du sort auquel ils ont échappé. « Mais Victoria me comprend », se dit-elle.

La jeune fille trouva enfin un travail plus à son goût que tous ceux qu'elle avait essayés jusqu'alors, dans un grand magasin de disques du West End. Elle avait gagné davantage dans d'autres places, mais cette fois elle se sentait chez elle. La musique, les clients, les autres vendeurs – tout était parfait, tout lui plaisait, et elle déclara à Phyllis et Bessie qu'elle était décidée à ne plus bouger.

Un après-midi, qui vit-elle entrer ? Thomas Staveney. L'espace d'un instant, elle le prit de nouveau pour Edward. Elle le regarda flâner dans la boutique avec la familiarité d'un habitué, prendre et reposer des cassettes. Il finit par acheter la vidéo d'un concert de The Gambia. En arrivant devant elle, il dit :

— Tu es Victoria.

— Et toi, tu es Thomas, répliqua-t-elle du tac au tac.

Il la dévisagea, mais elle ne s'en offusqua pas car sa surprise était naturelle – elle savait de quoi il se souvenait. Souriante, elle lui laissa le temps de tirer ses conclusions. Elle fut pourtant prise de court quand il proposa :

— Et si on dînait ensemble à la maison ?

— Je dois travailler encore une heure.

— Je viendrai te chercher.

Il s'en alla. Son style n'avait rien de remarquable pour cet endroit. Plutôt Jimmy Dean que Che Guevara, avec un trou au genou de son jean et un autre au coude de son chandail.

Quand ils sortirent du magasin, à la fermeture, leur couple n'était guère assorti, car elle portait un blouson et une jupe en cuir noir luisant, et ses talons brillaient comme une paire de baguettes noires. Elle arborait à présent une coiffure lisse, évoquant elle-même du cuir verni.

Ils prirent un bus, puis un autre, et se retrouvèrent devant cette maison qui hantait depuis dix ans les rêves de Victoria.

Elle avait maintenant dix-neuf ans, et lui dix-sept. Ils connaissaient chacun au mois près l'âge de l'autre. Thomas paraissait nettement plus vieux que son âge. Quant à elle, elle n'avait pas l'air d'une adolescente mais d'une élégante jeune femme.

Tandis qu'il gravissait le perron, elle s'attarda pour savourer cet instant. Elle se trouvait ici avec le grand garçon blond de ses rêves. Néanmoins il s'agissait d'un de ces rêves où l'on voit s'avancer une silhouette familière, mais en fait c'est un inconnu – ou encore, on aperçoit avec joie sa bien-aimée disparue de l'autre côté d'une pièce, mais quand elle tourne la tête on ne reconnaît pas son sourire. Son compagnon était Thomas, pas Edward. Cette impression de tromperie continua lorsqu'elle le rejoignit au sommet des marches, devant la porte ouverte. Le vestibule qu'elle se rappelait baigné de clarté et de couleurs douces lui sembla avoir rétréci, et l'après-midi printanier l'emplissait d'une froide lumière au lieu de l'éclairage diffus et chaleureux de son souvenir. Elle avait gardé en mémoire la sensation d'une douceur rosée, mais elle se trouva face à de vieux tapis, sur le sol et les murs, où la lumière faisait ressortir des fils blancs aux endroits usés. Ils étaient miteux. Quand même, se dit-elle, ces gens riches n'avaient-ils pas les moyens de les remplacer ? Elle mit instantanément en sûreté dans un recoin de son esprit la pièce dont elle se souvenait, inchangée, et considéra ce qu'elle voyait comme une imposture condamnable. Ils entrèrent dans la pièce immense dont on lui avait dit jadis qu'elle était une cuisine. C'était toujours le cas – rien n'avait changé. Son regard d'enfant n'avait pu faire le tour des innombrables placards, du frigo, du fourneau, qui auraient tous pu figurer dans un magazine spécialisé.

La table était toujours là, aussi vaste que dans son souvenir, entourée des chaises et du grand fauteuil où elle avait été assise sur les genoux d'Edward tandis qu'il lui racontait une histoire.

Thomas fit bouillir de l'eau dans une bouilloire électrique, puis entreprit d'explorer un énorme réfrigérateur. Après en avoir sorti divers mets, il demanda :

— Aurais-tu envie d'autre chose ? Je me fais un café.

On buvait du café chez Phyllis, fréquemment et en abondance. Elle répondit donc :

— J'en veux bien un aussi, merci.

Elle s'assit d'elle-même, puisqu'il n'avait pas songé à le lui proposer. Si elle ne pouvait s'empêcher de chercher et trouver des confirmations en le regardant, lui-même ne la quittait pas des yeux. Elle se dit qu'il avait l'air de quelqu'un qui a fait un achat exceptionnel dans un supermarché et est content de son acquisition.

— Où est ton frère ? demanda-t-elle.

Elle redoutait en fait de l'entendre répondre, car il confirmerait ainsi qu'elle n'avait aucune chance d'être avec Edward en cet instant.

— Il est en Sierra Leone pour une enquête, lança-t-il.

Elle nota que son ton était plein de ressentiment, malgré son indifférence affectée.

— Comme d'habitude, ajouta-t-il.

Estimant que la politesse exigeait davantage, il reprit :

— Il travaille comme juriste, en ce moment. Il fait partie d'une équipe qui recueille des données sur la pauvreté et ainsi de suite.

— Et ta maman ? Elle vit toujours ici ?

— Où veux-tu qu'elle vive ? C'est sa maison. Elle va et vient à sa guise. Mais ne t'inquiète pas, elle n'est pas dérangeante.

Cette phrase confirma à Victoria que cette escapade avait quelque chose de clandestin. Il n'avait que dix-sept ans, après tout. Il devait encore aller à l'école. Elle était l'article exceptionnel qu'il avait rapporté du supermarché.

Si Edward n'était devenu adulte qu'au prix de dix années tumultueuses, Thomas avait été l'exemple typique d'un frère cadet. Il ne cessait de déprécier, de railler, d'ironiser tandis qu'Edward s'emballait pour telle ou telle cause, emplissait la maison de pamphlets, de brochures et de manifestes, et se disputait avec sa mère. Toutefois Jessy soutenait Edward, par principe, et Thomas assistait avec eux à des concerts de musiciens d'Afrique du Sud ou de Zanzibar. Lors d'un de ces spectacles, Thomas, qui avait onze ans, tomba amoureux d'une chanteuse noire. Par la suite, il ne manqua aucune représentation des groupes ou des ballets noirs se produisant à Londres. Les tourments secrets de ses désirs adolescents eurent tous successivement pour objet de noires enchanteresses. Il répétait sans se cacher qu'il trouvait les peaux blanches insipides et aurait aimé naître noir. Il collectionnait les disques de toutes les musiques africaines. Quand il était dans sa chambre, il mettait le son au maximum et un fracas de voix et de tambours s'élevait, jusqu'au moment où Edward lui hurlait d'arrêter tandis que sa mère se plaignait que ses fils ne faisaient rien à moitié. « Si seulement j'avais pu avoir une fille bien gentille et raisonnable », se lamentait-elle, ce qui était tout à fait dans la note du féminisme de l'époque.

Dans ses fantasmes, Thomas s'était vu mille fois monter ces marches avec une magnifique star ou starlette noire. Quand il avait aperçu Victoria chez le disquaire, ses rêves s'étaient rapprochés en un instant d'illumination et lui avaient souri.

Victoria lui demanda s'il se rappelait qu'elle avait dormi dans sa chambre en cette nuit lointaine. Il l'avait oublié, mais sauta sur l'occasion que lui offrait le destin.

— Aurais-tu envie de la voir ? demanda-t-il.

Ils gravirent l'escalier pour entrer dans une chambre qui n'avait plus rien d'un magasin de jouets mais était remplie de posters de chanteurs et de musiciens noirs. Jamais le rêve longtemps caressé d'un idéal inaccessible ne s'était retourné si brusquement pour lancer : « Mais je n'étais pas ainsi, voici ce que j'ai toujours été. » Par leurs enregistrements, elle connaissait tous les artistes. Elle se retrouva assise sur le lit, à écouter de la musique du Mozambique en contemplant les posters tandis que Thomas la dévorait du regard.

Victoria n'était pas tout à fait vierge, n'ayant échappé que de justesse aux instincts prédateurs du second photographe. De son côté, Thomas avait quelque expérience car il avait réussi à se faire passer pour plus vieux qu'il n'était auprès d'une serveuse – noire, évidemment. Néanmoins, il n'était guère expert, et cette jeune Noire imperturbable l'intimidait assez pour hésiter, mettre encore une cassette puis une autre, jusqu'au moment où Victoria se leva en disant :

— Il est tard, je crois que je devrais rentrer.

Se levant d'un bond, il saisit ses bras et balbutia :

— Oh, non, Victoria. Reste, je t'en prie !

Pendant qu'il bredouillait, Victoria demeura immobile, sans défense, car en cet instant ce n'était pas Thomas mais Edward qui la tenait. Il se mit à embrasser sa nuque, son visage, et on peut dire que la suite était inévitable puisque tant d'années avaient contribué à l'accomplir.

Étant tous deux si inexpérimentés, ils durent passer aux aveux, ce qui fit d'eux des conspirateurs innocents. Il la supplia de ne pas le quitter, et elle resta si bien qu'elle ne redescendit le perron que des heures plus tard. Thomas l'enlaçait fièrement et aurait voulu qu'on le voie – ce qu'elle-même aurait préféré éviter. Quand elle rentra, Phyllis accepta ses excuses avec un soupir, en se disant : « Nous y voilà. Enfin, je devrais m'estimer heureuse qu'elle s'en soit sortie sans dommage jusqu'à maintenant. »

Ce fut un long été, beau et chaud, et Thomas, qui aurait dû travailler pour ses examens de dernière année, retrouvait chaque jour Victoria au magasin de disques et revenait avec elle. Ils montaient dans sa chambre et faisaient l'amour au son de musiques venant de presque tous les pays d'Afrique, sans compter les Antilles et le Sud profond des États-Unis.

Jessy les trouva un jour attablés à la table immense, en train de boire un café bien noir.

— Donne-m'en une tasse, dit-elle à son fils en s'affalant sur une chaise, les yeux fermés. Quelle journée ! gémit-elle.

Quand elle rouvrit les yeux, elle avait devant elle une grande tasse de café noir fumant et aussi un visage qu'il lui semblait connaître.

— Je suis Victoria, dit la jeune femme en face d'elle. Vous m'avez permis de passer une nuit ici, quand j'étais petite.

Jessy avait vu des enfants défiler dans cette cuisine pendant des années, et certains étaient noirs, surtout vers les derniers temps, durant la période tiers-monde d'Edward. Qui était cette jeune Noire incroyablement chic ? Elle se sentait baignée d'une douce chaleur, remplie d'un souvenir presque nostalgique – elle avait aimé cette époque où des enfants allaient et venaient et dormaient dans la maison.

— Eh bien, dit-elle. Je suis ravie de vous revoir.

Après avoir avalé le café en grimaçant, car il était brûlant, elle bondit sur ses pieds.

— Il faut que j'aille…

Mais elle était déjà partie.

On serait tenté de croire que deux amants incarnant l'un pour l'autre leurs fantasmes les plus secrets étaient amoureux, que c'était nécessaire, que leur amour allait de soi. En fait, rien n'était plus loin de la vérité. Thomas n'était pas Edward – il était plus rude, plus grossier, et ce n'était encore qu'un garçon, après tout, pas un homme. Lui-même n'avait pas trouvé en Victoria l'enivrante enchanteresse noire de ses rêves. Elle n'était qu'une jeune femme prudente, convenable, qui marchait comme si elle craignait de prendre trop de place, qui posait sur le dossier d'une chaise ses vêtements soigneusement pliés avant de monter dans le lit. Certes, elle était jolie. Il adorait cette peau d'un brun chaud se détachant sur les draps blancs, et elle avait un visage ravissant. Néanmoins ce n'était pas une sirène, une tentatrice, et il savait que faire l'amour pouvait être différent – plus violent et passionné, plus intense et plus doux.

En somme, pour deux personnes passant le plus clair des après-midi d'un été à faire l'amour, il aurait été difficile d'en apprendre moins sur leurs pensées, leurs vies et leurs besoins.

L'été commença à se ternir à l'approche de l'automne. Thomas allait devoir reprendre ses cours, et Victoria était enceinte.

Elle le dit aussitôt à Phyllis, qui ne montra ni surprise ni colère. Les garçons étaient sortis faire leur tapage habituel, Bessie était dans son hôpital. Les deux femmes étaient seules – elles n'avaient pas à baisser la voix ou à guetter l'ouverture d'une porte.

— Et tu peux compter sur le père ?

— C'est un Blanc.

— Seigneur ! s'exclama Phyllis.

Sa consternation provenait moins du poids de l'Histoire, évoquée par ces trois syllabes, que de la perspective d'ennuis beaucoup plus immédiats.

— Seigneur ! répéta-t-elle en soupirant profondément.

Elle résuma ensuite la situation :

— Il va y avoir des problèmes.

— Je ne veux pas qu'il soit au courant.

Phyllis Chadwick hocha la tête avec résignation, les sourcils froncés, les lèvres pincées en une moue affligée. Elle savait ce qui attendait Victoria, alors que cette dernière l'ignorait. C'en était fini pour elle du temps de l'insouciance – il fallait bien que ça arrive, et il avait été trop bref, mais la jeune femme ne pouvait imaginer à quel point son horizon allait se rétrécir.

— Je m'en tirerai, assura Victoria.

Cette fois, Phyllis manifesta une certaine humeur : Victoria s'en tirerait uniquement grâce à son aide. Toutefois la jeune femme avait davantage réfléchi que sa bienfaitrice ne le croyait.

— En tant que mère célibataire, j'aurai droit à un appartement, reprit Victoria.

Elle savait tout sur ce sujet, car elle en avait entendu parler par sa tante et par Phyllis. Des adolescentes tombaient enceintes parce qu'elles voulaient échapper à leur famille – à leur mère, le plus souvent.

— J'espère que ce n'est pas pour cette raison que tu as oublié la prudence ?

Oublié la prudence ? Thomas mettait des préservatifs, et elle n'aurait pu dire s'il s'était montré imprudent.

— Non. Mais quand j'ai appris la nouvelle, j'ai songé que je pourrais avoir un appartement.

— Je vois.

— Je peux travailler dans le magasin de disques jusqu'à l'accouchement. Ils m'aiment bien, là-bas.

— Ça ne m'étonne pas. Tu es une si brave petite.

— Et ils ont dit que je pourrai revenir quand le bébé sera assez grand.

Phyllis souriait, mais quelque chose dans son expression poussa Victoria à quitter sa chaise pour s'accroupir près d'elle comme un enfant ayant besoin d'être rassuré. Phyllis la serra contre elle et Victoria se mit à pleurer. Il était impossible à Phyllis de deviner pourquoi elle pleurait : si Edward, ce grand blond si gentil, avait été le père de l'enfant, Victoria lui aurait dit la vérité.

— Nous allons commencer les démarches pour ton appartement, déclara Phyllis. Je vais en parler aux gens du service du logement.

Il y avait des listes d'attente, mais quand le bébé eut trois mois Victoria emménagea dans un appartement du même immeuble, quatre étages plus haut. Elle semblait bénéficier de conditions idéales. Phyllis était à portée de main pour s'occuper du bébé. Bessie, qui était infirmière, serait également sur place. Les deux garçons, des casse-cou grandissant rapidement et ne promettant rien de bon, furent conquis par la petite fille. « Un vrai cadeau du Ciel ! », dirent-ils. Et ils promirent qu'ils la garderaient et lui apprendraient à marcher.

Quand Mary eut un an, Victoria reprit son travail. À même pas vingt et un ans, elle était de nouveau une jeune femme mince et jolie. Une gardienne, que Phyllis connaissait, prenait en charge les enfants de la résidence. Pendant le week-end, Victoria emmenait Mary au parc, la promenait dans sa poussette et jouait avec elle. Ce fut là qu'elles furent remarquées par un beau jeune homme, qui se révéla faire partie d'un groupe de musique pop. Il lui sembla n'avoir jamais rien vu d'aussi ravissant que Victoria avec sa petite fille, et il le dit. Victoria fut incapable de résister. Phyllis avait redouté l'homme qui serait la perte de sa protégée. Finalement, le géniteur blanc de la petite Mary n'avait pas joué ce rôle. Cependant elle n'eut qu'à jeter un coup d'œil sur ce nouveau séducteur pour savoir ce qui allait se passer. Phyllis avait dit à Victoria de se garder pour un brave homme, sur qui compter. C'étaient des oiseaux rares, mais Victoria était suffisamment jolie et intelligente pour en mériter un. « Ce garçon ne sera que douceur, la mit-elle en garde. Mais c'est à peu près tout ce que tu pourras attendre de lui. »

Toutefois Victoria n'en fit qu'à sa tête, et fit même si bien qu'elle épousa son séducteur et devint Mrs Bisley. Ce qui n'alla pas sans poser de vrais problèmes, car il vint habiter avec elle et la petite fille. Il n'y avait pas assez de place pour eux trois, et Victoria

dut de surcroît renoncer aux aides aux-
quelles elle avait droit en tant que mère célibataire. Sam Bisley était absent tous les
soirs, pour donner des concerts aux quatre
coins de Londres et dans d'autres villes, et
ne cessait d'aller et de venir. Même si la
petite Mary avait un père, contrairement à
la plupart des autres enfants noirs, elle ne
le voyait guère. Et il n'était guère plus acces-
sible pour Victoria, car sa carrière musicale
l'occupait sept jours sur sept. Puis la jeune
femme attendit un autre enfant, et Phyllis
se lamenta. Elle n'avait pas revu le géniteur
de ses deux fils depuis la nuit où tout avait
été consommé.

— Te voilà dans de beaux draps, dit-
elle à Victoria. Nous allons devoir nous
débrouiller.

Cette compassion tragique était-elle vraiment de mise ? Certes, Sam Bisley n'avait
rien du mari ni du père idéal, mais Victoria
l'aimait et elle savait que la petite fille
l'aimait aussi. Et quand son bébé serait
arrivé, Sam serait plus présent et… Elle
enchaîna les arguments de ce genre pour
tenter de calmer Phyllis.

Il lui fallut renoncer à son emploi dans le
magasin de disques, si appréciée fût-elle.
Deux enfants en bas âge – impossible. Elle
resterait pour un temps chez elle pour faire
son devoir de mère, et plus tard… Sam lui
donnait de l'argent, même si ce n'était pas
grand-chose. Elle pouvait s'en tirer. Sa vie

était devenue ce numéro d'équilibriste familier à toutes les jeunes femmes nanties de petits enfants. Elle travaillait quelques heures par semaine pour Mr Patel, qui était ravi de l'avoir car il se faisait vieux. Elle confiait le bébé à la gardienne, la petite fille à l'école maternelle, et surveillait les enfants d'autres femmes en échange de leur aide. Elle avait conscience que son existence était désormais dominée par l'attente : elle attendait Sam, qui était toujours de retour d'une expédition. Parfois, il ramenait des amis, lesquels devaient dormir sur le sofa ou par terre. Elle cuisinait pour eux et mettait leur linge dans la machine à laver avec celui de Sam et des enfants.

Elle avait peine à se rappeler la jeune femme libre qui avait été comme la mascotte du magasin de disques, pour ne rien dire de la fille brillante qui avait eu tous ces emplois prestigieux dans le West End. Néanmoins tout se passait plutôt bien, elle se débrouillait, les bébés étaient parfaits – sauf qu'ils n'étaient plus des bébés mais des enfants. Et Phyllis Chadwick était là, quatre étages plus bas, toujours gentille, secourable, prête à prodiguer des conseils que Victoria suivait pour la plupart. Puis Phyllis mourut brusquement. Une attaque. Elle fut touchée sévèrement et ne traîna pas comme l'avait fait son grand-père. Bessie se retrouva responsable des deux garçons, incapable d'aider Victoria autant que par le passé. Victoria fut peut-être celle qui regretta le plus Phyllis. « Pourquoi fais-tu cette tête lugubre ? » demandait Sam. Il ne le disait pas méchamment, mais il n'était pas le genre à comprendre la tristesse. Malgré tout, il se rendit à l'enterrement. Leurs deux enfants, immobiles entre Victoria et Sam, virent la terre recouvrir la femme qu'ils avaient appelée Mamie.

Peu après, Sam Bisley fut tué dans un accident de voiture. Il était sans cesse sur la route et, comme Victoria le lui avait souvent dit, il conduisait comme un fou. Elle redoutait de monter en voiture avec lui. Quand les enfants étaient avec eux, elle l'implorait : « Roule moins vite. Si tu ne le fais pas pour moi, fais-le pour les enfants. » Il fut fracassé avec l'un de ces amis qui passaient parfois la nuit sur le sofa ou par terre et pour qui elle avait préparé des œufs sur le plat, des bananes frites et du bacon.

Victoria ne sombra pas. Elle fit comme lorsqu'on ramasse les morceaux d'un vase cassé, afin de les recoller. Il fallait songer aux enfants. Ils dépendaient d'elle, à présent, et elle savait au plus profond de son être ce que signifiait dépendre de quelqu'un. L'absence de Phyllis Chadwick lui donnait l'impression qu'à la place d'un rocher lui assurant appui et chaleur s'étendait maintenant un espace où gémissaient des vents glacés. Victoria dut refréner ses accès de panique. Bessie lui disait qu'elle trouverait un autre compagnon, mais elle n'y croyait pas. Elle avait aimé Sam. Edward avait laissé son empreinte sur elle, dans un lointain passé, puis il y avait eu Sam. Thomas ne comptait pas. Pour le meilleur et pour le pire, Sam avait été l'homme de sa vie.

Un après-midi, elle aperçut Thomas dans la rue. Il n'avait guère changé. Il marchait avec une jeune fille noire qu'il tenait enlacée. Ils riaient. Victoria songea qu'elle avait été cette jeune fille. Si elle s'était donné la peine de s'intéresser à Thomas, elle aurait compris qu'il continuerait d'aller avec des Noires. « Je préfère le noir », plaisantait-il. Elle se souvint qu'il avait récupéré un cliché, œuvre du second photographe, où elle posait nue, les lèvres boudeuses. « Allez, Victoria, prends cette pose pour moi ! », avait-il lancé. Elle avait refusé, s'était vexée : ce n'était pas son genre. Mais peut-être la fille de l'autre côté de la rue... ? Elle était élégante, pas comme Victoria qui n'avait pas le temps de soigner son apparence.

Thomas rentrait chez lui avec cette fille. Victoria les suivit, sur le trottoir d'en face. Si Thomas levait les yeux et la voyait, il lui ferait signe... Était-ce si sûr ? Il verrait une femme noire avec deux gamins, rien de plus.

Elle s'arrêta net. Une pensée venait de la frapper. Elle en avait littéralement le souffle coupé et dut porter la main à sa poitrine.

Elle était folle ! L'enfant de Thomas était ici même, à côté de Dickson, le fils de Sam Bisley. Elle avait si bien refusé de penser à Thomas comme à un père que cette idée lui parut absolument nouvelle. Elle avait vraiment réussi à effacer Thomas de son esprit. Pourquoi cet acharnement ? Quelque chose dans cet été la mettait mal à l'aise. Elle avait conscience que Thomas ne lui plaisait pas réellement. Cependant il n'avait que dix-sept ans, à l'époque. Qui était-il en réalité ? Elle l'ignorait. Il n'était pas Edward. Tout au long de l'été, cette pensée l'avait obsédée. Elle se pencha pour observer la petite fille qui était le fruit de cet été. Mary ne ressemblait pas à Thomas. C'était une jolie fillette dodue, toujours souriante, pleine de bonne volonté. Sa peau brun pâle était nettement plus claire que celle de sa mère, pour ne rien dire de son petit frère, lequel était plus foncé que Victoria. Sam avait la peau très noire. Elle aimait comparer son teint avec le sien, les premiers temps de leur rencontre, avant qu'ils se fussent habitués l'un à l'autre. Il l'appelait son lapin en chocolat...
« Je vais te manger des pieds à la tête », lui disait-il – mais elle n'aimait pas songer à leurs jeux amoureux, ça lui donnait envie de pleurer. Ne pas penser à Sam faisait partie de sa stratégie pour ne pas sombrer. Toutefois la petite Mary était ici, et son propre père était en train de s'éloigner rapidement dans la rue, en direction de sa maison.

Tout cela bouleversa si fort Victoria qu'elle rentra plus tôt qu'à l'accoutumée avec les enfants, les installa devant la télévision et se mit à réfléchir jusqu'au moment où il lui sembla que sa tête allait exploser. Cette petite fille regardant l'écran en léchant une sucette appartenait à cette maison – cette vaste demeure opulente.

Victoria savait que les Staveney étaient célèbres. Elle avait fini par le savoir. Célèbres : c'était ainsi qu'elle les définissait, par ce mot signifiant qu'ils étaient à mille lieues de la masse indistincte des gens ordinaires, dont Victoria faisait partie. Elle avait vu le nom de Jessy Staveney dans les journaux et fait son enquête. Cette femme aux cheveux dorés – telle était l'image qu'elle en avait gardée – faisait une brillante carrière au théâtre. Victoria se représentait une comédie musicale comme *Les Misérables*, que le premier photographe l'avait emmenée voir. Cet après-midi était resté dans sa mémoire comme la maison des Staveney, une vision d'un monde différent, splendide, mais où elle n'avait pas sa place – elle n'avait jamais songé à se rendre à un spectacle seule ou avec Bessie. Et Edward, le garçon blond et gentil – Victoria sentait encore la chaleur de ces bras serrant son corps –, il avait été question de lui dans la presse car il était légiste et avait écrit des lettres sur la situation d'une contrée d'Afrique d'où il revenait. Phyllis Chadwick avait découpé ces lettres pour les garder, non pas à cause de Victoria mais parce que en tant qu'assistante sociale elle avait affaire à des gens de là-bas – s'agissait-il de l'Éthiopie ? De la Sierra Leone ? – et qu'elle avait trouvé ces lettres utiles pour mener son combat avec ses supérieurs pour loger les réfugiés. Ce n'était pas tout. Lionel Staveney était un acteur célèbre, qu'elle avait vu à la télévision. Phyllis avait demandé : « Fait-il partie des mêmes Staveney ? » En fait, Phyllis avait toujours été plus intéressée qu'elle par les Staveney. Jusqu'à maintenant.

Et cette pensée était elle aussi si dérangeante, comme si quelque chose la piquait à la taille ou dans sa chaussure, que Victoria s'agita sur sa chaise pour s'en débarrasser – *qu'est-ce qui lui avait pris ?* Pourquoi avait-elle tenu à chasser si complètement les Staveney de sa mémoire ? Quand Phyllis lui en parlait, elle éprouvait une sorte de dégoût, et c'était Thomas surtout qu'elle voulait oublier. N'était-ce pas injuste, néanmoins ? Il n'avait été qu'un garçon de dix-sept ans comme tous les autres, prétendant être plus âgé et faisant pour la première fois réellement l'amour. Pendant des semaines, elle s'était rendue là-bas presque chaque soir. Personne ne l'avait forcée !

À présent que Victoria avait commencé à réfléchir, elle voulait aller jusqu'au bout.

Tout en songeant aux Staveney, elle contemplait Mary. Phyllis avait déclaré : « On ne peut pas se tromper avec la Mère de Dieu. » Cette petite fille était Mary Staveney. Pas Mary Bisley.

Victoria n'imaginait que trop l'avenir de ses deux enfants de six et deux ans. Ils devraient aller à la même école qu'elle, et elle comprenait à présent quel établissement exécrable c'était. Bien pire encore que de son temps. Un lieu de violence, infesté par les drogues, les bandes, les bagarres. De nos jours, les enfants fréquentant ce genre d'école étaient considérés plutôt comme des bêtes sauvages à tenir sous contrôle. Quand elle s'y trouvait, c'était déjà dur, elle le savait désormais, même si elle ne s'était étonnée de rien. Elle avait été une bonne petite, une élève modèle faisant ses devoirs. C'était pour cela qu'on l'avait tant appréciée : elle aimait apprendre et assister aux cours, contrairement à la plupart de ses camarades. Aujourd'hui, elle serait sans doute aussi brutale et déchaînée que les autres enfants. Et bientôt, Mary et Dickson devraient à leur tour se battre à chaque instant. Ils en sortiraient ignorants – encore plus qu'elle ne l'avait été. Elle avait pris conscience qu'elle était rien moins que savante, cette jolie et gentille petite fille, laquelle devait tout à Phyllis exigeant qu'elle fît ses devoirs et veillant à son assiduité.

Malgré tout son labeur, elle n'avait été qu'une ignorante. Alors qu'elle avait passé presque toutes les soirées d'un été dans la maison des Staveney, elle n'avait rien compris. Elle n'avait pas été assez curieuse pour poser des questions. En fait, elle ne savait quelle question poser, n'imaginait même pas qu'il y en eût. Et maintenant, six ans plus tard, elle mesurait son ignorance à son silence d'alors, à son incapacité à s'étonner. Il y avait un père dans cette famille, Lionel Staveney. Mais elle était si habituée à voir des mères seules, ou des pères ne cessant de disparaître, qu'elle avait tenu pour assuré qu'aucun homme ne fréquentait la maison des Staveney. La vérité, c'était qu'avec son compagnon, Sam Bisley, elle avait été mieux lotie que la plupart des femmes de son âge. Non seulement il l'avait épousée, mais il avait parfois été là. Un père – un père prenant réellement ses responsabilités.

Elle se rappelait que Thomas avait déclaré que sa mère et son père ne s'entendaient pas. Il lui semblait aussi qu'il avait dit que son père payait les frais de scolarité et « ce genre de choses ».

Et Jessy Staveney ? Elle n'avait jamais demandé qui était Victoria ni ce qu'elle faisait. Les rares fois où elle était là, elle avait accepté la présence de la jeune fille sans un mot ou un regard méchant, même si elle s'était certainement demandé parfois si elle et Thomas... En y repensant, Victoria était un peu choquée. Jessy Staveney n'aurait-elle pas dû dire quelque chose ?

Dix-sept ans : cela signifiait que Thomas en avait maintenant vingt-trois ou vingt-quatre. Victoria avait vingt-six ans. Edward, qui lui avait paru aussi hors de portée par son âge que par ses autres supériorités, quand il avait douze ans et elle neuf, approchait à présent de la trentaine. Il écrivait des lettres aux journaux, lesquels les publiaient. Personne n'imprimerait jamais une lettre de Victoria. Rien de ce qu'elle dirait ne serait considéré comme important ni même intéressant.

Et ces deux enfants, Mary et Dickson, sortiraient de l'école encore plus ignorants qu'elle ne l'avait été. Mary serait-elle jamais assez savante pour devenir infirmière, comme Bessie ? Et le fils de Sam, s'il n'avait pas hérité de son père quelque don musical, qu'adviendrait-il de lui ?

Les enfants de Thomas, quand il en aurait, et ceux d'Edward, eux écriraient des lettres aux journaux et elles seraient imprimées. Peut-être deviendraient-ils célèbres, comme Jessy, Lionel et Edward.

Toutes ces pensées qui auraient dû lui venir pour son plus grand profit des années plus tôt, lui semblait-il, pendant ce long été d'ébats amoureux, voilà qu'elles se présentaient à son esprit. À présent, elle était convaincue de sa sottise. Elle n'avait pas été seulement ignorante, mais stupide aussi.

À l'époque, elle n'avait pas songé que Thomas avait le droit d'être au courant. Elle se répétait maintenant qu'il fallait être deux pour faire un enfant – un des dictons favoris de Phyllis, laquelle était souvent confrontée à des affaires de paternité. « Je crois que cette idée ne m'a même pas effleurée, se dit-elle. Comment est-ce possible ? » Si son silence avait lésé Thomas, que dire de la petite Mary, qui avait un père dans cette partie de la société où les gens portaient des noms célèbres et voyaient leurs lettres imprimées dans les journaux. Et où les enfants fréquentaient de vraies écoles. Elle se rappelait vaguement que Thomas était allé dans la même école qu'elle parce que son père, Lionel Staveney, avait déclaré que ses enfants devaient savoir comment vivait l'autre moitié du monde. Edward et Thomas avaient donc passé quelques années avec les rejetons de ladite moitié du monde avant d'être transportés d'urgence dans de vraies écoles, où les enfants apprenaient quelque chose. Si elle, Victoria, avait fréquenté une telle école… Mais les élèves de ces établissements ne doivent pas soigner une mère malade. Elles ne renoncent pas à accéder aux échelons supérieurs pour devenir vendeuse dans un supermarché ou – si elles sont assez jolies – modèle pour de petits photographes pervers.

« Et si je n'avais pas eu mon physique ? songea Victoria. La grosse Bessie n'aurait jamais pu vivre ce que j'ai vécu dans le West End, décrocher ces emplois que je choisissais à ma guise. C'est Phyllis qui m'a dit que je n'avais qu'à croire en moi, entrer d'un air assuré, et que je serais surprise… » Phyllis avait eu raison. Mais c'était parce que Victoria était jolie. Un hasard ! Le hasard était tout – chance et malchance. Quel nom méritait-il, en ce jour où on avait oublié cette petite dont la tante était malade puis où Edward l'avait emmenée chez lui ? Fallait-il vraiment l'appeler une chance ? Pendant des années, elle avait vécu dans un rêve – elle le savait, maintenant –, à penser à cette maison baignée d'une lumière d'un rose doré, pleine de chaleur et de gentillesse. Edward. Et Edward l'avait menée à Thomas. Ce hasard avait-il été heureux ou malheureux ? Eh bien, elle lui devait Mary, une petite fille à l'air grave et aux yeux splendides – comme elle. Mary devait la vie au hasard, à une série de chances et de malchances s'enchaînant parce que Edward Staveney l'avait oubliée en cette fin d'après-midi, la laissant seule et terrifiée dans la cour de récréation. Et l'arrivée de Thomas dans le magasin de disques ? Non, ça n'avait rien à voir, il était fou de musique africaine et c'était la spécialité de la maison. Pourtant il aurait pu confier ses cassettes à l'autre vendeuse travaillant ce jour-là, noire elle aussi, élégante et bien habillée, exactement comme elle.

Victoria avait l'impression d'avoir été une petite créature sans défense, ballottée au gré du hasard sans savoir ce qui se passait, ni pourquoi. Mais elle n'était plus sans défense. Elle savait enfin à quoi s'en tenir. Que voulait-elle ? Simplement que Mary soit reconnue par les Staveney. Après quoi, ce serait à eux tous d'aviser.

Quand le téléphone sonna, Thomas était dans sa chambre avec une jeune Noire.

— Je suis Victoria, entendit-il. Tu te souviens de moi ?

Bien sûr qu'il s'en souvenait. Lorsqu'il pensait à elle, désormais, c'était avec curiosité, car il pouvait faire des comparaisons. La fille avec qui il se trouvait lui avait dit : « Dans mon pays, faire l'amour se dit "rire ensemble". » Thomas avait été amusé, et ils avaient ri ensemble. Cependant il n'aurait jamais dit de Victoria : « Nous avons ri ensemble. » Et voilà qu'elle lui annonçait :

— Thomas, j'ai quelque chose à te dire. Écoute-moi, Thomas. Après ce fameux été, je suis tombée enceinte. J'ai eu un enfant. Ton enfant. C'est une petite fille et elle s'appelle Mary.

— Attends une minute, pas si vite. Qu'est-ce que tu racontes ?

Elle répéta ce qu'elle venait de dire.

— Mais pourquoi ne me l'as-tu pas dit plus tôt ? s'exclama-t-il.

Il ne semblait pas en colère.

— Je ne sais pas. J'ai été stupide.

Alors qu'elle s'était attendue à le trouver furieux ou incrédule, il répliqua :

— Eh bien, cela ne me plaît pas beaucoup, Victoria. Tu aurais dû m'en parler.

Elle était en larmes, maintenant.

— Ne pleure pas, Victoria. Quel âge a-t-elle ? Oh, oui, je suppose qu'elle doit avoir...

Il se livra à un calcul rapide tandis qu'elle sanglotait.

— Voilà ! Elle doit avoir six ans.

— Oui, c'est ça.

— Incroyable !

Comme le silence se prolongeait, elle demanda :

— Pourquoi ne viendrais-tu pas te rendre compte par toi-même ?

Il ne dit rien. « Quel dommage qu'elle ne lui ressemble pas, songea Victoria. Que va-t-il voir ? Une petite métisse appelée Mary. Mais elle est si mignonne... »

— Je vais presque tous les après-midi au parc, lança-t-elle.

Elle donna le nom du parc.

— D'accord. Je viendrai. Demain ?

Après avoir confié Dickson à la gardienne, elle emmena Mary en robe rose à dentelle, les cheveux coiffés en une petite natte crépue nouée d'un ruban rose, retrouver Thomas sur un banc du parc.

Il se montra amusé, ironique, comme s'il restait sceptique, mais sans rien de désagréable. En fait, leurs rapports étaient plus détendus qu'en cet été où l'essentiel était de coucher ensemble. Il fut gentil avec la petite Mary et déclara même à Victoria qu'elle avait les mains de sa grand-mère.

Sa grand-mère ? Il voulait dire Jessy.

Il acheta une sucette à Mary, l'embrassa et dit en s'en allant :

— Je te rappellerai.

Il avait maintenant son adresse et son numéro de téléphone.

« Peut-être ne le reverrai-je jamais, pensa Victoria. Tant pis, je ne ferai pas de procès ! Quoi qu'il décide. »

Ce soir-là, au dîner, il annonça à sa mère et son frère qu'il avait une fille. Elle s'appelait Mary et sa peau évoquait du chocolat au lait en plus pâle. Se souvenaient-ils de Victoria ?

— Non. Je devrais ? répondit Edward.

Sa mère dit qu'elle croyait que oui, mais il y avait eu tant d'allées et venues...

Edward était devenu un bel homme à l'air sérieux et autoritaire. Il arborait un visage bronzé, éclatant de santé, car il revenait juste d'une mission d'information à l'île Maurice. Il faisait honneur à sa famille, à son école et à son université, pour ne rien dire de l'organisation qui l'envoyait enquêter. Thomas n'était encore qu'un cadet étudiant à l'université, où il « faisait » des lettres. Il se proposait d'organiser la vie artistique – et plus précisément de fonder un groupe de musique pop. Tous ses choix s'expliquaient par sa destinée de petit frère d'un citoyen modèle. Comment Thomas pourrait-il jamais se hisser au niveau d'Edward, lequel de surcroît était marié et père d'un enfant ?

Quand Thomas leur déclara avoir une fille qu'il venait de voir et qui était « un petit chou », il avait tout d'un joueur comblant son retard dans une course.

— J'espère que tu as pensé aux possibles conséquences juridiques, dit Edward.

— Seigneur, ne sois pas comme ça ! lança Thomas.

Jessy Staveney était songeuse. La chevelure dorée hantant l'imagination de Victoria n'était plus qu'une épaisse tignasse grisonnante, nouée en arrière par un ruban noir si tendu qu'il en paraissait lui aussi gris et chiffonné. Son visage était d'une beauté anguleuse, où se détachaient des yeux verts délicatement soulignés par des paupières très blanches. Elle contemplait des perspectives vouées à un destin difficile, voire désastreux. Ses mains expressives, sur lesquelles elle appuyait son menton, étaient unies en une attitude de prière ou de méditation.

— J'ai toujours eu envie d'un petit-enfant noir, dit-elle rêveusement.

— Maman, je t'en prie ! s'exclama Thomas.

Le sentiment exprimé par sa mère ne le choquait pas, mais peut-être lui était-il pénible de constater qu'elle aurait fait merveille comme figure de proue d'un navire, prête à affronter sans sourciller les pires tempêtes.

— Qu'est-ce que tu as ? répliqua-t-elle. Voudrais-tu que je te mette à la porte ?

— Voyons, Jessy, intervint Edward en les apaisant tous deux par un sourire bien rodé. Il pourrait s'agir d'un chantage. Y as-tu songé ?

— Non, assura Thomas. Il n'a pas été question d'argent.

— C'est pourtant un cas typique de chantage.

— Nous devrions évidemment donner un peu d'argent à cette petite, dit Jessy.

— C'est hors de question. Pas tant que nous ne serons pas certains qu'elle dise vrai.

— Bien sûr qu'elle dit vrai, lança Thomas. Tu ne la connais pas. Elle n'est pas du genre à mentir.

— Il est aisé d'en avoir le cœur net, déclara Edward. Demande-lui un test ADN.

— Bon Dieu, mais c'est sordide !

— Il faut admettre que ce serait un peu agressif, observa Jessy.

— À toi de voir, dit Edward. Mais notre famille pourrait financer pendant des années le rejeton de n'importe qui.

87

— Non, répéta Thomas. C'est une fille bien.

Et il justifia enfin la fierté dont il rayonnait en ajoutant :

— Papa sera content.

— S'il ne l'est pas, il manquera de cohérence, approuva Edward.

— Il n'y a aucune cohérence à attendre de Lionel, rétorqua Jessy.

Elle ne parlait jamais de son ex-époux qu'avec un mépris négligent, en partie à cause de la façon dont ils s'étaient séparés, en partie du fait du mouvement féministe dont elle était une ardente partisane.

Très beau et même irrésistible, Lionel s'était montré si infidèle qu'elle avait fini par devoir s'en débarrasser. « Si t'aimer, c'est aimer tes infidélités, je renonce ! » lui avait-elle crié. À quoi il avait répondu avec calme : « Je te comprends. »

Ils se voyaient souvent et se disputaient sans cesse – c'était ce qu'ils appelaient un divorce à l'amiable.

Lionel payait les frais de scolarité. Vu l'instabilité de la vie d'un acteur, il s'était montré fiable en finançant vêtements, vivres, voyages, etc. Le père et la mère s'étaient violemment opposés sur l'éducation de leurs fils, mais ces conflits s'étaient calmés. Lui était un socialiste romantique, à l'ancienne mode. Il avait insisté pour que les deux garçons fréquentent des écoles ordinaires, ce qui était alors de mise dans son milieu. « Il faudra bien qu'ils s'en sortent », avait-il déclaré. « Ou qu'ils périssent », avait répliqué sa femme. Edward était sorti du collège Beowulf – le même que Victoria – pâle et amaigri, terrifié par les brimades, presque incapable de dormir et affligé d'un fort bégaiement. Ce qui n'avait pas empêché son père d'imposer le même traitement à Thomas.

Cette cure avait porté ses fruits, mais de façon différente chez les deux frères. Edward en avait retiré une compassion pour les perdants de la société – l'autre moitié du monde –, qui le brûlait comme un remords. « On croirait que tu es personnellement responsable de la traite des esclaves, lui criait sa mère. Ce n'est quand même pas ta faute si des gens sont pendus pour avoir volé une miche de pain ou un lapin ! » Quant à Thomas, il s'était pris de passion pour les filles et les musiques noires – dans cet ordre. Edward provoquait l'admiration générale. Mais Thomas ? Il avait pourtant réussi, alors qu'il faisait sa dernière année d'université, à être le père d'un enfant de six ans.

— Je crois que le mieux serait de demander à cette petite de venir ici avec l'enfant pour nous rencontrer tous, Lionel compris, déclara Jessy.

L'épreuve ayant été considérée comme trop cruelle, Victoria et Mary firent simplement une visite un dimanche après-midi, en présence d'Edward et de Jessy.

Ce fut vraiment une épreuve, du fait surtout d'Edward, qui se montra aussi distant qu'imposant. Il bombarda Victoria de questions, comme s'il ne la croyait pas. Il trônait au bout de la table de la pièce immense qu'ils appelaient la cuisine. Jessy, avec son chignon de tristes cheveux gris, n'oubliait pas de sourire de temps en temps à Victoria et la petite fille. Assis en face de Victoria, Thomas semblait prêt à flirter avec elle tant il était content de lui. L'enfant portait cette fois une robe blanche, avec des bottines et des rubans assortis. Juchée sur une pile de coussins, elle soignait de son mieux son attitude. Sa mère lui avait dit qu'elle allait rencontrer son autre famille, mais elle n'avait pas vraiment compris.

— Vous êtes mon papa ? demanda-t-elle à Thomas en le fixant de ses grands yeux noirs où se lisait son désarroi.

— Ouais, mon petit chou, c'est bien ça !

Dans ce genre de circonstances, il trouvait commode de retomber dans sa période américaine.

— Si vous êtes mon papa, alors vous êtes ma mamie, dit Mary en se tournant vers Jessy.

— Absolument, approuva Jessy d'un ton encourageant.

— Et vous, qui êtes-vous ? demanda l'enfant à Edward.

Il hésita avant de répondre, ce qu'elle remarqua.

— Je suis ton oncle, lança-t-il en souriant – mais son sourire n'avait rien à voir avec celui de Jessy.

— Est-ce que je vais habiter chez vous ? s'enquit Mary.

Edward adressa un regard entendu à sa mère. Serait-ce enfin un indice des véritables intentions de Victoria ?

— Non, Mary, intervint la jeune femme. Bien sûr que non. Tu resteras avec moi.

— Et avec Dickson ?

Les Staveney venaient tout juste de réaliser qu'il y avait un second enfant, né d'un autre père.

— Oui. Nous restons ensemble, toi, moi et Dickson.

Pour une entrevue aussi délicate, tout se passa bien. À la fin, Jessy embrassa Victoria tandis que Thomas lui donnait un baiser fraternel. Edward hésita de nouveau, puis attira l'enfant et la serra contre lui avec gentillesse.

— Bienvenue dans la famille ! lança-t-il.

Son ton était cordial, même s'il rappelait un peu celui d'un juge. Il s'était plaint que cette rencontre eût lieu avant qu'un test ADN ait clarifié la situation.

Victoria rentra chez elle sans savoir ce qu'elle avait vraiment obtenu. Elle regrettait presque d'avoir appelé Thomas et elle se mit à pleurer en pensant à Sam, qui avait été un tel soutien durant sa vie. Rome n'a pas l'exclusivité des saints improbables. Si Victoria avait pu imaginer quelques années plus tôt ce qu'elle penserait et dirait de Sam après sa mort, elle n'y aurait pas cru.

Toutes ces péripéties faisaient l'objet de longues discussions avec Bessie, le plus souvent dans l'obscurité de la chambre de Victoria. L'appartement de Bessie – celui de Phyllis – était désormais intenable. Les deux garçons, devenus des adolescents de seize ans, étaient déchaînés. Leur mère avait réussi à peu près à les contrôler, mais Bessie n'avait aucune autorité sur eux. Comme ils le lui répétaient, l'appartement était à eux autant qu'à elle. Toutefois, c'était elle qui payait les factures. Pour subvenir à leurs besoins, ils volaient des voitures ou des pièces qu'ils leur arrachaient. En rentrant chez elle, Bessie trouvait une foule de jeunes gens ivres ou drogués. L'appartement était une porcherie, et il lui fallait régulièrement tout nettoyer. Elle fermait à clé la porte de sa chambre, afin d'empêcher ses frères et leurs amis de voler son argent, mais ils n'étaient pas du genre à se laisser décourager par une serrure. La police connaissait ces garçons. De temps en temps, on en arrêtait un ou deux.

« Ils finiront en prison », disait Bessie à Victoria, laquelle ne la contredisait pas. Peut-être Bessie pensait qu'ainsi elle récupérerait un jour son appartement – mais elle ne le disait pas. La mort de Phyllis avait laissé un vide qui leur rappelait sans cesse que certaines personnes sont plus que ce qu'elles paraissent. Son influence avait été énorme, dans cet immeuble et au-delà. Des gens venaient continuellement raconter à Bessie que sa mère avait fait des prodiges pour eux. « Je voudrais bien qu'elle soit là pour faire quelque chose pour moi », songeait Bessie – mais elle ne le disait pas. Elle connaissait un technicien de laboratoire d'origine jamaïcaine, qu'elle aurait aimé inviter à partager son appartement et sa vie, si ç'avait été possible. C'était un homme posé et raisonnable, qui aurait eu l'approbation de Phyllis. Toutefois il n'avait pas d'endroit à lui, pas plus que Bessie. C'est pourquoi elle et Victoria partageaient de nouveau une chambre.

Bessie déclara à Victoria qu'elle devrait faire un test ADN. Victoria n'en avait jamais entendu parler. Les deux jeunes femmes firent d'innombrables brouillons d'une lettre aux Staveney, que Bessie jugeait d'une correction prudente mais qui semblaient à Victoria froids et hostiles. La lettre que Thomas reçut finalement fut écrite par une Victoria tremblante, en larmes, au milieu d'un tas d'esquisses déchirées. Elle descendit la mettre à la boîte à quatre heures du matin, en bravant les dangers du quartier mal éclairé, dans la pensée que tous les voleurs et agresseurs qu'elle pourrait rencontrer seraient nécessairement ces fainéants de frères de Bessie ou leurs amis.

« Cher Thomas, je suis terriblement triste à l'idée que tu puisses croire que j'essaie de vous tromper, toi et ta famille. Cette pensée m'empêche de dormir. Je préférerais que Mary et toi fassiez le test ADN, qui prouve à coup sûr le lien d'un enfant et d'un père. Écris-moi ou téléphone-moi bientôt, je t'en prie, et dis-moi ce que tu en penses. Je ne veux pas te forcer la main. » Il avait fallu déchirer aussi plusieurs fois cette version, car la première se terminait par : « Je t'embrasse. » N'était-ce pas un peu exagéré ? Puis elle avait repensé à leur été. Comment mettre, après cela : « Avec mes meilleures pensées » ? Baisers et pensées s'étaient succédé, avant qu'elle n'écrive, épuisée : « Avec mes pensées les plus affectueuses. » Elle avait couru poster la lettre puis s'était effondrée sur son lit.

Dès que Thomas eut pris connaissance de cette missive, il appela Edward pour la lui lire.

— Alors, qu'en dis-tu maintenant ?

— D'accord, tu as gagné. Mais j'avais raison de te mettre en garde.

Quand elle lut la lettre, Jessy s'écria :

— Quelle brave petite. Voilà qui me plaît.

— Faut-il vraiment que j'aille faire ce sacré test ?

— Bien sûr. Nous devons veiller à ce qu'Edward soit satisfait.

94

Elle prenait donc le parti de son fils dévoyé.

— Une petite-fille, ajouta-t-elle. Enfin ! Et elle a l'air si raisonnable.

On procéda au test, mais avant même qu'on sût le résultat Thomas avait téléphoné à Victoria pour lui demander son numéro de compte bancaire. Elle n'en avait pas. Il lui dit alors d'en ouvrir un sans tarder, afin de faciliter les choses. Les « choses » en question n'étaient autre qu'une pension mensuelle qu'il voulait verser à Mary. « Nous verrons comment ça tournera », avait-il ajouté. L'argent venait de Jessy, mais Lionel, dès qu'il fut informé, déclara qu'il apporterait sa contribution.

Il y eut une nouvelle rencontre pour le thé, avec Lionel cette fois. Quand Mary apprit qu'elle allait voir son grand-père, elle ne fut pas intimidée car elle se rappela les gentils sourires de Jessy.

Lionel Staveney était un homme imposant, dont le style rappelait celui de Jessy, laquelle semblait toujours occuper autant de place que deux personnes. Il avait une crinière de cheveux argentés et une chemise multicolore, ce qui accentuait sa ressemblance avec Jessy. Assis chacun à un bout de la table immense, ils paraissaient se refléter l'un l'autre.

Saisissant la main de Mary, Lionel déclara :

— Vous êtes donc la petite Mary. Je suis ravi de faire enfin votre connaissance.

Il se pencha pour baiser cette petite main brune d'un air solennel, mais fit ensuite un clin d'œil à la fillette, qui se mit à pouffer.

— Quelle enfant délicieuse ! dit-il à Victoria. Félicitations. Pourquoi nous avez-vous privés si longtemps de cette merveille ?

Il tendit les bras et Mary courut s'y blottir, en enfouissant son visage dans la chemise arc-en-ciel. Ainsi se passa cet après-midi, qui fut bientôt suivi d'un autre.

— Voici ma petite crème caramel, mon petit éclair au chocolat ! lança-t-il en voyant arriver Mary.

Il s'aperçut que Victoria semblait nerveuse – en fait, elle se rappelait les métaphores culinaires que Sam affectionnait.

— Quand je dis que je vais te manger, assura-t-il à Mary, tu ne dois y voir que l'expression légitime de mon sincère attachement.

Après le départ de Victoria et Mary, Edward dit à son père :

— Si tu ne comprends pas pourquoi tu devrais éviter de la comparer à du chocolat, c'est vraiment que tu n'es pas en phase avec notre époque.

— Seigneur ! s'exclama Lionel. Pauvre de moi ! Suis-je vraiment déphasé ? Eh bien, tant pis.

— Lionel, intervint son ex-épouse. Je crois que tu la terrifies, par moments.

— Mais ça ne dure pas. Quel petit chou ! Quelle petite… Je suis fou de joie. À ton avis, si nous avions eu une petite fille, crois-tu que nous serions restés ensemble ?

— Dieu seul le sait, répondit Jessy en laissant au Tout-Puissant le bénéfice du doute.

— Bien sûr que non ! trancha Edward.

Mais il s'agissait de sa part autant d'un avertissement pour l'avenir que d'un jugement sur le passé.

— Ouais, ouais, dit Thomas. Ah, ces familles heureuses !

— Je réclame juste un droit de visite. Les grands-parents ne sont-ils pas mis en avant, de nos jours ?

— Tes visites seront les bienvenues, répliqua son ex-épouse. Mais n'exagérons pas.

Thomas téléphona à Victoria pour lui demander s'il pouvait emmener Mary à sa piscine. Victoria dit que l'enfant ne savait pas nager. Il répliqua qu'il lui apprendrait.

Puis ce fut le zoo, le planétarium et une excursion sur la Tamise jusqu'à Greenwich.

Cependant Victoria se disait qu'elle avait deux enfants. Qu'en était-il de Dickson ? Ce qui se passait n'était pas juste. Bien sûr, il n'avait que trois ans, mais il savait que sa sœur avait droit à des sorties dont il était exclu.

Jessy avait déclaré qu'il n'était pas équitable dans une famille de deux enfants que l'un reçoive plus que l'autre. La réaction d'Edward avait été immédiate :

— Ce n'est même pas la peine d'y songer, maman.

— Peut-être pourrions-nous l'emmener quelquefois avec Mary ?

— Non. Un seul suffit. Je suis désolé, mais il y a des limites.

Mary était entrée à l'école, où elle était très malheureuse. Victoria se souvenait de sa propre détresse, même si elle s'en était sortie en restant dans son coin, en fuyant les ennuis et aussi, pour dire les choses, en courtisant les élèves plus âgés. Elle dit à Mary d'en faire autant mais elle souffrait de savoir que son enfant pleurait chaque soir avant de s'endormir.

Il lui semblait incroyable que les Staveney aient pu exposer volontairement leurs précieux rejetons à tant de méchanceté et de cruauté, car elle croyait que les bonnes écoles – celles que devaient fréquenter les enfants de leur milieu – ignoraient ce genre de problèmes. Dans ses rêves les plus secrets, qu'elle ne partageait même pas avec Bessie, Victoria espérait que les Staveney enverraient la petite Mary dans un établissement où elle pourrait étudier et devenir quelqu'un.

Puis Jessy téléphona pour demander si Mary n'aimerait pas assister à une matinée. Victoria pensa aux *Misérables* et assura qu'elle serait ravie. Elle emmena la fillette chez les Staveney. Mary partit en taxi avec Jessy et revint, toujours en taxi, dans leur cité. Elle était si extasiée qu'elle ne pouvait aligner deux mots. Victoria ne sut jamais exactement ce que l'enfant avait vu. Toutefois, dès qu'elle fut transportée de nouveau dans cet autre monde qu'était la famille Staveney, Mary demanda à Thomas si elle pourrait retourner dans « une manée ». Une quoi ? Il finit par découvrir qu'elle entendait par là « un théâtre ». Elle eut donc droit à une nouvelle « manée » avec Jessy, puis au zoo en compagnie d'Edward, de l'épouse de celui-ci et de leur petite fille de trois ans. Sur sa prière, elle fut ensuite conduite dans un autre théâtre, où Lionel se produisait. En rentrant, elle déclara que son grand-père était drôle mais qu'elle l'aimait beaucoup. Et elle confia à Victoria : « Il m'aime aussi, maman. »

Chaque fois qu'il était question de ce grand-père, des pensées douloureuses tourbillonnaient dans l'esprit de Victoria. Elle se rappelait qu'elle avait certainement eu elle-même un grand-père, mais qu'il avait tout bonnement disparu. C'était le grand-père de Phyllis qui lui revenait en mémoire, son aïeul de substitution – un vieillard avec une bouteille d'urine malodorante. Cependant elle ne pouvait nier que Lionel Staveney fût le grand-père de sa fille. Le jour où Mary lui raconta : « Elle m'a dit que j'étais sa petite-fille et que je devais donc l'appeler grand-mère », Victoria sentit la terre se dérober sous ses pieds. Quand elle avoua ses sentiments à Bessie, celle-ci répliqua non sans bon sens : « Mais à quoi t'attendais-tu, en les mettant au courant ? »

Oui, à quoi s'était-elle attendue ? À rien de ce genre. C'était leur façon d'accepter Mary sans aucune réticence qui était... Eh bien, quoi ? Ils en faisaient trop ! Bessie lui dit qu'elle était ingrate, qu'elle faisait la fine bouche devant un don du ciel. Victoria finit par lancer :

— Je n'aurais jamais cru qu'ils seraient si contents d'avoir une petite-fille noire.

— Elle n'est pas noire, plutôt caramel, décréta Bessie. Si elle avait la même couleur que moi, je parie qu'ils seraient moins ravis.

Environ un an après son premier coup de téléphone à Thomas, elle reçut une lettre de Jessy l'informant que la famille comptait passer un mois d'été dans une maison du Dorset et qu'il y aurait beaucoup d'allées et venues. Victoria accepterait-elle que Mary vienne avec eux ? Samantha, la fille d'Edward, serait là tout le mois. Victoria n'était pas invitée, et elle savait que c'était à cause de Dickson. Mary était mignonne, sympathique, obéissante et gentille. Il en allait tout autrement de Dickson, lequel allait maintenant sur ses quatre ans.

La question de la couleur de peau... non, on ne pouvait y échapper, même si Victoria était pardonnable de croire que les Staveney – en dehors de Thomas, bien sûr – n'avaient jamais remarqué qu'il pouvait s'agir d'un facteur de différence, et même souvent polémique, tant ils étaient persuadés que tout ce qui avait pu se produire (malheureusement) dans le passé n'avait plus aucune influence sur les affaires humaines.

Dickson était noir, noir comme du cirage ou des touches de piano. Quelque part dans son arbre généalogique, voilà bien longtemps, des gènes avaient appris à s'adapter au soleil de l'Afrique tropicale. Il était souvent en nage. La sueur s'écoulait de lui avec une abondance qui rappelait parfois la langue d'un chien accablé de chaleur. Il se battait, il rugissait. Chez la gardienne, c'était une terreur, une source d'ennuis et de larmes. Mary parvenait à l'apaiser comme par enchantement, mais elle était la seule. Même Victoria finissait par pleurer d'épuisement devant ce fils distribuant les coups et les morsures. Bessie l'adorait, l'appelait son petit démon noir, son petit ange des enfers. Il la laissait quelquefois le prendre dans ses bras, mais c'était rare. Il avait désormais conscience d'être excessif, insupportable, un problème pour tout le monde, mais cela ne faisait qu'empirer son comportement. Il était même encore plus efficace, car il devenait émouvant et pouvait crier par exemple : « Pourquoi suis-je insupportable ? Pourquoi suis-je un problème ?

Pourquoi ? Pourquoi ? Ce n'est pas vrai, non, ce n'est pas vrai ! » Après quoi il envoyait des coups de pied à la ronde et s'effondrait par terre en sanglotant.

Noire ou blanche, aucune famille n'aurait vu en lui un invité facile. Les Staveney le connaissaient à peine. Apparemment, ils avaient demandé à Mary si elle aurait aimé qu'ils l'invitent. Avec son sens habituel des responsabilités, elle leur avait répondu gravement que Dickson se disputerait avec tout le monde et qu'il grifferait et mordrait Samantha. Rapportant à Victoria sa conversation avec Jessy, elle avait déclaré : « Je lui ai dit qu'il changerait avec le temps. » Elle citait ainsi Bessie, laquelle répétait : « Ne t'inquiète pas, Victoria, il changera avec le temps. »

Cependant il s'agissait cette fois d'un vrai tournant. Quelques petites visites çà et là, une matinée ou un thé, d'accord. Mais un séjour d'un mois… Car ils voulaient Mary pour un mois ? Oui, c'était bien ça. Une mère doit être experte en politique – pour ne rien dire de l'économie. Son instinct dit à Victoria que les Staveney invitaient Mary à cause de Samantha. La fillette excellait à s'occuper des plus petits. Chez la gardienne, c'était sa spécialité. Victoria pensa non sans amertume que Mary allait servir de nounou à Samantha. Une pensée non seulement amère mais injuste, elle le savait. Mary adorait Samantha. Une rancœur vague, prête à se transformer en soupçon, se fit si précise qu'elle en devenait dangereuse – Victoria la réprima. N'était-ce pas ce qu'elle avait souhaité pour Mary ? Cette dernière était si heureuse, Victoria aurait dû être reconnaissante pour une telle bénédiction. Telle était l'expression employée par Bessie, qui devenait religieuse avec l'âge : « C'est une bénédiction, Victoria. Cette famille est une grâce que Dieu a accordée à Mary. »

Il fallait maintenant régler la question des vêtements. Ceux de Samantha étaient différents, et Mary savait exactement ce qu'il lui fallait. Victoria se retrouva dans une boutique, guidée par sa petite fille qui lui disait quoi acheter. Voilà donc ce que Samantha portait ? Des tenues colorées, insolentes – et tellement chères. Mais Thomas avait mis de l'argent à la banque pour la garde-robe de Mary, et c'était le moment de le dépenser.

Victoria songeait que les Staveney étaient en train de lui prendre Mary. Elle était capable d'envisager cette réalité avec calme. Elle ne croyait pas que Mary en viendrait à mépriser sa mère – elle comptait sur le bon cœur de la fillette. Comme tant de mères, semble-t-il, elle se demandait comment elle avait pu mettre au monde deux enfants aussi dissemblables. Un petit ange – ainsi la gardienne appelait-elle Mary – et un petit démon. « Ne t'en fais pas, disait Bessie. Ils changeront tous deux avec le temps. » Et

Victoria s'aperçut qu'elle avait pour sa fille les mêmes soucis que Phyllis avait eus pour elle. Tant de dangers terribles guettent les filles... Les pièges, les leurres, que le diable amorce avec les meilleures qualités de sa victime... Bessie venait tout juste d'avorter. Elle désirait l'enfant, mais elle aurait voulu qu'il ait un père. Même si elle aurait eu un appartement pour lui, elle n'avait pas de foyer.

Folle d'excitation, Mary s'en alla avec les Staveney. Elle appelait sa mère presque chaque jour, sur l'insistance de Victoria, et ne cessait de répéter que tout était parfait, merveilleux. Puis Victoria fut conviée à les rejoindre pour un week-end. Elle confia Dickson à la gardienne et prit le train. Deux heures dans la verte et aimable campagne anglaise. Toutefois Victoria n'avait presque jamais quitté Londres. Elle avait l'impression d'étouffer dans tout ce vert – un vert mouillé, car il avait plu.

Elle attendit sur le quai de la gare en tenant à la main sa nouvelle valise remplie de ses plus belles toilettes. Lionel apparut avec Mary sur ses épaules. La fillette descendit du dos de son grand-père pour aller embrasser Victoria, après quoi ils se dirigèrent tous trois, la main dans la main, vers la vieille voiture. Une feuille ornait la crinière de Lionel et des taches de boue parsemaient la salopette neuve de Mary, d'un mauve brillant. Elle avait engraissé et rayonnait de bonheur.

Victoria prit place à côté de Lionel, avec Mary sur ses genoux. L'enfant sentait le savon et le chocolat. Lionel se mit à échanger des plaisanteries avec elle, un mélange de comptines et d'allusions à des faits que Victoria ne connaissait pas. Assise tout contre sa mère, Mary pouffait de rire et ne quittait pas des yeux la bouche du géant imposant d'où s'échappaient des incantations énigmatiques : « Petite Mary a des poils soyeux, l'énorme araignée lui fait froid aux yeux… » La fillette se mit à glapir :

— Ce n'est pas ça, voyons ! Tu mélanges tout !

— Mais Mary la poilue n'a pas crié de peur, elle a mangé l'araignée avec du bon beurre…

— Je ne suis pas poilue, ce n'est pas vrai ! protesta l'enfant en hurlant de rire.

— Mary-la-peau-douce a bu tout le lait, sans rien laisser pour sa maman, pour sa mangouste et pour son frère, elle…

Il continua pendant que Mary gigotait dans les bras de Victoria, laquelle souhaitait ardemment que ce manège prît fin. Ils roulaient à vive allure sur des routes ombragées de feuillages humides, d'où s'écoulaient des averses éclaboussant la voiture. Elle avait l'impression de ne plus pouvoir respirer. Vivement qu'ils arrivent à la maison ! Elle l'imaginait plus ou moins semblable à la demeure londonienne des Staveney, or ils s'étaient arrêtés devant une petite bâtisse isolée, entourée d'arbres et d'un vaste jardin. Un arbre énorme s'inclinait sur le gazon où étaient disposées des chaises et une table. La maison parut mesquine à Victoria, indigne des Staveney. Que faisaient-ils ici ? Cependant Mary sortait de voiture et tirait sa mère par la main. Personne ne semblait être là.

Victoria n'aspirait qu'à s'allonger. Lionel lui dit de faire comme chez elle. Le thé serait servi dans une demi-heure. Mary entraîna sa mère dans un minuscule escalier aux marches glissantes. Elles entrèrent dans une petite pièce sombre, aux fenêtres à carreaux dessinant des motifs qui ne laissaient filtrer qu'une faible lumière. Une couverture blanche couvrait un lit vaste et haut, sur lequel Mary se mit à sauter aussitôt en criant :

— Quelle merveille ! Quel lit magnifique !

Victoria se sentait mal. Mary lui montra la salle de bains. Du chaume entrait par la fenêtre de cette pièce exiguë et des créatures volaient à l'entour.

— Où est ton lit ? demanda-t-elle en s'effondrant sur la couverture blanche.

— Je dors avec Samantha. Nous avons une chambre à nous.

Informée que sa maman avait la migraine, Mary l'embrassa et sortit en courant.

Couchée sur le dos, Victoria vit que le plafond s'ornait d'une fissure. Et dans le coin de la pièce, on aurait dit une toile d'araignée... Une toile d'araignée ? Victoria s'endormit d'un coup, mais c'était plutôt comme si elle s'évanouissait. Elle ressentait un trouble douloureux, au plus profond d'elle-même. Comment les Staveney pouvaient-ils... À son réveil, Jessy était en train de poser une tasse de thé sur la table de chevet.

— Je suis désolée que vous ne vous sentiez pas dans votre assiette, dit-elle. Vous descendrez quand ça ira mieux.

Et elle sortit, majestueuse, non sans baisser la tête pour franchir la porte.

Victoria resta couchée à observer l'ombre envahir la pièce. Il devait se faire tard. N'était-il pas temps de descendre ? Elle quitta son lit avec précaution, anxieuse à l'idée que son pied puisse rencontrer... quoi ? Elle imaginait une créature molle, qui mordrait. Debout devant la fenêtre, elle regarda dehors en prenant soin de ne rien toucher. Sous le grand arbre rempli d'oiseaux bruyants, des gens – pas tous des Staveney – étaient assis et buvaient.

Si elle descendait, Victoria devrait emprunter cet escalier, trouver la sortie, rejoindre ces gens dont il faudrait faire la connaissance. Elle apercevait Mary assise sur un genou de son grand-père.

À l'instant où elle rassemblait son courage, elle vit les convives se lever. Certains se dirigèrent vers des voitures garées sur la route. Puis les Staveney rentrèrent dans la maison et elle les entendit juste en bas. Cette maison résonnait, elle était bruyante. C'est alors que Victoria aperçut près de la fenêtre une énorme araignée qui s'avançait – elle le savait – vers elle. Elle poussa un hurlement. Thomas apparut aussitôt, identifia le problème et saisit la serviette de Victoria sur une chaise afin d'y envelopper le monstre, qu'il jeta par la fenêtre. La bête pourrait donc remonter !

— Alors, Victoria, ça va ? Tu as l'air en pleine forme...

Comment pouvait-il le savoir ? La pièce était plongée dans l'obscurité.

— Tu te sens mieux ?

Il embrassa sa joue en riant – un hommage à leur passé.

— Viens donc dîner.

Elle avait envie de dire qu'elle voulait se mettre au lit, enfoncer sa tête sous cette merveilleuse couverture blanche et n'en sortir qu'à l'instant de retourner à Londres. Au lieu de quoi elle entreprit d'ouvrir sa valise pour chercher une tenue appropriée.

— Oh, pas la peine de te changer, dit Thomas. Tout le monde s'en fiche, ici.

Il sortit et Victoria l'entendit dévaler les marches.

Elle le suivit. Une table immense remplissait presque entièrement une nouvelle pièce exiguë. Jessy et Lionel étaient déjà assis aux deux extrémités, face à face. Une chaise attendait Victoria vis-à-vis de Thomas. Edward était là, ainsi qu'une jeune femme au regard scrutateur, qui devait être Alice, son épouse. Mary trônait sur une chaise munie d'une pile de coussins, à côté de son grand-père.

Il y avait du vin, de la viande froide et de la salade. On expliqua à Victoria que c'était vendredi soir et qu'il avait fallu acheter ce pique-nique. Dès demain, toutefois, elle aurait droit à mieux.

Jessy était restée presque tout le mois, qui touchait maintenant à sa fin. Lionel était venu chaque fin de semaine.

— Je ne peux pas me passer de votre fille, déclara-t-il. C'est elle la dame de mes pensées.

Thomas avait fait plusieurs séjours. Edward apparaissait pour la première fois, ayant été trop occupé jusqu'alors. Alice venait voir Samantha, laquelle était au lit car trop petite pour veiller.

La jeune femme observait Victoria, qui jugeait son regard défavorable. En fait, c'était Alice qui se sentait en position de faiblesse. Élevée dans la famille d'un notaire de province, elle était certaine que les Staveney la critiquaient. Ils incarnaient les voyages, les expériences, le libéralisme et la générosité, d'une façon qui choquait souvent Alice. Elle les désapprouvait de laisser la petite fille noire appeler Jessy et Lionel « grand-mère » et « grand-père ». Elle s'en voulait de penser ainsi, mais c'était plus fort qu'elle. Quand Mary avait essayé d'appeler Edward « oncle », il lui avait demandé de dire simplement « Edward ». Mary avait obéi. Elle appelait déjà son père « Thomas ». Si Edward était l'oncle de Mary, Alice devait être sa tante. Cependant la fillette avait deviné que cela déplairait à Alice.

Victoria n'était pas jalouse de la jeune femme. Son Edward, le gentil garçon d'il y avait si longtemps, vivait inchangé dans sa mémoire. Quant à l'Edward d'aujourd'hui, elle ne l'appréciait guère. En fait, elle en venait à trouver Thomas plus sympathique que son frère.

Le repas fut languissant. Jessy ne cessait de s'excuser pour ses bâillements, ce qui permit à Victoria de dire qu'elle était elle aussi fatiguée.

— Habituellement, lui déclara Thomas, nous consacrons la soirée à des jeux de société, mais ce soir nous ferons l'impasse sur ces saines distractions.

Victoria accompagna Mary dans sa chambre, où Samantha dormait gentiment dans un petit lit. Mary avait un grand lit, comme celui de Victoria. Elle leva les bras pour embrasser sa mère, lui sourit puis s'endormit.

Victoria regagna sa chambre. Elle chercha l'araignée, ne la vit pas et se précipita au lit en remontant la couverture blanche assez haut pour se sentir en sécurité.

Vendredi soir. Encore deux nuits... Elle s'en sentait incapable. Cet endroit lui faisait horreur. Une chouette hululait. N'était-ce pas présage de mort ? Cela venait du grand arbre. Le jardin était rempli de monstres. Lors du dîner, Lionel avait dit à Mary de ne pas oublier de mettre des miettes dehors pour le crapaud.

— Mais il fait nuit, avait répliqué Mary avec un bon sens qui avait réconforté Victoria.

— Les crapauds voient dans l'obscurité, avait décrété Lionel.

— Ce crapaud est un pervers, avait dit Jessy. Je ne pense pas que ces bêtes aient souvent à leur menu des miettes de pain complet, de sorte qu'il me paraît bizarre qu'il apprécie les nôtres.

— Nous lui trouverons des vers de terre demain, avait conclu Lionel.

Victoria s'endormit enfin. Elle se réveilla tôt, et découvrit que Mary l'avait rejointe pendant la nuit et dormait sur la couverture. Victoria resta longtemps accoudée à contempler le sommeil de son enfant, comme elle aurait regardé s'éloigner un navire à l'horizon – si elle avait pu voir la mer autrement qu'à la télévision ou au cinéma. Derrière ces paupières hermétiquement closes s'étendait déjà un monde auquel Victoria n'avait pas accès.

Au matin, Victoria tenta de trouver dans sa valise des vêtements susceptibles de s'accorder avec le vieux chandail troué de Lionel et le pantalon ou la jupe grise de dame campagnarde qu'arborait Jessy. Elle n'avait pas non plus de chaussures convenables. Ils parlèrent de promenades, et de Mary et Samantha qui devaient faire du poney avec d'autres petites filles.

S'immobilisant au seuil de la maison, Victoria eut l'impression d'être cernée par la jungle. Elle savait tout des jungles – comme nous tous, grâce aux écrans grands et petits. C'étaient des lieux dangereux, remplis de bêtes sauvages, de crocodiles, de serpents et d'insectes. Cette jungle-ci n'abritait pas de fauves, mais elle ne regorgeait pas moins de créatures hostiles. Si seulement elle avait pu s'en aller, tout de suite – mais elle ne voulait pas faire honte à Mary.

Après l'interminable petit déjeuner, où elle but du thé et dut écouter une conférence de Jessy sur l'importance de manger correctement le matin, elle les regarda partir se promener dans les bois, qui étaient aussi proches qu'humides. Elle déclara qu'elle voulait s'asseoir sous l'arbre, lequel devait être rempli de monstres prêts à tomber sur elle. En fait, elle chercha refuge dans une pièce qu'ils appelaient le salon.

Elle s'installa dans un grand fauteuil, en levant les pieds pour qu'aucune bête ne puisse grimper dessus.

Une fois le déjeuner expédié, ils s'entassèrent dans des voitures et se rendirent dans un salon de thé renommé, où ils se garèrent avant de repartir se promener – à l'exception de Victoria et de Mary, laquelle insista pour rester avec sa mère.

— Pauvre maman, dit Mary avec perspicacité, les yeux en larmes. Mais je t'aime toujours.

Le dîner n'apporta guère de changement. Cette fois, Jessy avait préparé un ragoût, que Victoria apprécia, et ils avaient rapporté une grosse tarte aux fruits achetée au salon de thé.

Samedi soir. Encore une nuit à passer. À présent, Victoria se sentait comme une criminelle. Ils savaient qu'elle n'aimait pas ce séjour, même s'ils n'imaginaient pas à quel point elle le détestait et le redoutait. L'araignée était de retour sur le mur. Quand elle avait voulu l'écraser, le monstre s'était réfugié dans la fissure, où il attendait son heure. Elle tenta de le garder à l'œil, mais des papillons de nuit étaient entrés dans la chambre avant qu'elle eût fermé la fenêtre. Une énorme phalène se tapit sur le mur en projetant une ombre. La dernière fois qu'elle avait vu cette silhouette encapuchonnée, cette ombre terrifiante sur un mur, c'était dans un film sur Dracula.

Le lendemain matin, elle descendit aux aurores, avec sa valise. Elle ne savait pas comment rejoindre la gare, mais elle se débrouillerait. Elle trouva Alice déjà levée, en train de boire du thé.

— Vous êtes malheureuse ici ? demanda Alice.

— Oui.

— J'en suis désolée.

— Pas vous ?

— Non, j'aimerais vivre ici pour toujours, ne jamais m'en aller.

— Seigneur ! dit Victoria d'une voix faible.

— C'est la vérité. Edward ne peut pas encore quitter Londres, mais nous voulons acheter une maison à la campagne pour nous y installer.

— Une maison comme celle-ci ? demanda Victoria avec incrédulité.

— Non, plus grande. Plus confortable.

Elle regarda gentiment Victoria et ajouta avec douceur :

— Ne faites pas attention à eux. Je sais qu'ils sont un peu épuisants.

— Ce n'est pas eux, répliqua Victoria. C'est cet endroit.

Un gouffre les séparait. Alice fronça les sourcils, troublée. Victoria semblait au bord des larmes.

— Je voudrais rentrer chez moi, dit-elle comme une enfant.

Puis elle ajouta, redevenue adulte :

— Mais je ne veux pas que Mary ait honte de moi.

— Elle en serait incapable. On ne peut pas imaginer une petite fille plus gentille. Samantha l'adore. Écoutez-moi. Je vais vous conduire à la gare et je leur dirai que vous ne vous sentez pas bien.

— Ce ne sera pas un mensonge, approuva Victoria.

C'est ainsi que Victoria monta dans la voiture d'Edward et traversa la campagne du petit matin pour regagner la gare.

Elle n'avait jamais eu l'occasion de conduire, et l'habileté et la rapidité d'Alice la déprimaient. En fait, elle devait se persuader qu'elle avait quand même quelques talents.

À la gare, Alice prit sa valise et la précéda au guichet, où elle acheta un billet.

— Il y aura un train dans une demi-heure, dit-elle.

Elles attendirent ensemble. Victoria se rendait compte que cette jeune femme qui l'intimidait tant était bien disposée à son égard. Mais quelle importance ? L'essentiel, c'était qu'elle appréciât Mary.

— Je me sens vraiment idiote, dit-elle humblement. Je sais ce que les Staveney vont penser. Je devrais être reconnaissante, et… et voilà.

— Pauvre Victoria. Je suis désolée. Je leur expliquerai.

Quand le train arriva, elle embrassa Victoria avec une affection qui paraissait sincère.

— Il faut de tout pour faire un monde, dit-elle en souriant d'un air satisfait à cette tentative de définition. Mais je ne crois pas qu'ils pourront jamais comprendre que vous n'aimiez pas la campagne.

— Je la déteste ! lança Victoria avec violence.

Puis elle monta dans le train qui devait l'emmener au loin – pour toujours, si c'était à elle de décider.

Mary rentra quelques jours plus tard. Victoria la vit observer mornement le petit appartement, déçue par tout ce que sa mère avait retrouvé avec un tel soulagement : un univers réduit au strict nécessaire mais où tout était à sa place. Puis la fillette regarda par la fenêtre l'horizon bétonné, et Victoria n'eut pas besoin de lui demander ce qui lui manquait.

Se précipitant vers sa mère pour l'embrasser, Mary répéta : « Tu es ma maman et je t'aimerai toujours. » Bessie et Victoria échangèrent des sourires amers. Au bout d'un moment, Mary n'y pensa plus.

Thomas emmena la fillette à deux concerts de musique africaine, mais elle les trouva trop bruyants. Comme sa mère, elle avait besoin de calme et de correction.

Puis Victoria fut invitée à dîner chez les Staveney. « Sans Mary, si possible – de toute façon, il sera trop tard pour elle, n'est-ce pas ? » Eux qui la faisaient veiller jusqu'à pas d'heure dans le Dorset ! L'absence de Dickson allait de soi. Victoria mit sa plus jolie toilette et se retrouva attablée avec les Staveney au grand complet. Elle sentait entre Jessy, Lionel, Edward, Alice et Thomas un climat lourd de sous-entendus, dont certains lui étaient familiers et d'autres absolument inintelligibles. Ce fut Lionel qui ouvrit le feu :

— Que diriez-vous si nous vous proposions d'envoyer Mary dans une école différente ?

Et c'était ce même Lionel qui avait insisté pour que ses fils subissent l'épreuve du collège Beowulf, cet établissement épouvantable !

Victoria n'avait pas peur de lui – alors qu'elle craignait Jessy – et n'hésita donc pas à demander :

— Vous avez donc changé d'avis à ce sujet ?

Jessy poussa un ricanement de type conjugal, censé être remarqué et équivalant à une main levée dans une assemblée afin de signifier un refus.

— Il semblerait qu'il ait changé, lança Thomas.

— Pour sûr, grogna Edward.

— Je ne dis pas que j'avais tort dans le cas de mes fils, déclara Lionel en secouant sa crinière argentée tout en transperçant judicieusement des pommes de terre rôties sur son assiette.

— Tu serais incapable d'en convenir, lui reprocha Jessy, les narines gonflées par l'exaspération concentrée de tant d'années de disputes. Quand as-tu jamais admis avoir tort en quoi que ce soit ?

— N'est-il pas un peu tard pour cette discussion ? insinua Edward.

— C'était une décision pour le meilleur et pour le pire, dit Thomas. Mais dans votre nid, les oiseaux ne pouvaient pas être d'accord.

— Oh, c'était pour le pire ! s'exclama aussitôt Jessy. Ça ne fait pas l'ombre d'un doute !

Cependant le regard qu'elle lança à Thomas indiquait qu'elle entendait par « pire » son amère déception en voyant son cadet borner ses ambitions à la formation d'un groupe de musique pop.

— Quant à être d'accord, non, jamais nous ne l'avons été à ce sujet. Jamais !

— OK, dit Thomas. J'accepte ton verdict. Je suis le pire et Edward est le meilleur.

— Au moins, vous étiez trop différents l'un de l'autre pour vous disputer. Il n'aurait plus manqué que ça !

Cet échange énergique n'alla pas plus loin, car Edward versait du vin à Victoria, laquelle ne l'appréciait guère. Elle mit sa main sur le verre et quelques gouttes tombèrent dessus, qu'elle entreprit de lécher.

— On dirait que le vin vous plaît ! commenta Lionel.

— Vous devriez en prendre, ça vous ferait du bien, renchérit Jessy. Les Victoriens connaissaient leur affaire. Au premier signe de dépérissement, de fièvre cérébrale ou d'une autre de leurs affreuses maladies, ils sortaient le bordeaux.

— Plutôt le porto, dit Lionel.

— Rien ne vaut un bourgogne, intervint Edward. Comme celui-ci. Autant choisir le meilleur. Si on m'avait demandé mon avis – mais on ne l'a pas fait, n'est-ce pas, père ? – j'aurais dit non. Je n'ai aucun bon souvenir de cette école. Je sais que c'était aussi la vôtre, Victoria…

En constatant une nouvelle fois qu'il ne se rappelait rien de l'épisode qui était si présent et vivant en elle, Victoria fut au bord des larmes. Elle affermit sa voix pour déclarer :

— Oui, ce n'est pas un endroit sympathique. Et c'est devenu encore pire qu'à l'époque où j'y allais.

Elle se tourna vers Thomas.

— Où *nous* y allions.

— Des élèves se sont battus au couteau là-bas la semaine dernière, observa Jessy à l'intention de son ex-époux.

— Ce qui me ramène à mon point de départ, dit Lionel en s'adressant à Victoria. Et si nous envoyions Mary dans une bonne école ? Je dois dire que l'unanimité ne règne pas…

— Quand a-t-elle jamais régné ? s'exclama Jessy.

— Certains d'entre nous – moi, par exemple – pensent que Mary pourrait aller dans un pensionnat.

— Un pensionnat ?

Victoria était choquée. Elle savait que les gens comme les Staveney mettaient leurs enfants en pension dès leur plus jeune âge. À ses yeux, c'était une cruauté.

— Je vous avais dit que Victoria ne voudrait pas d'un pensionnat, lança Thomas.

— Oui, confirma bravement Victoria en souriant avec gratitude à Thomas, qui lui rendit son sourire. Je ne veux pas d'un pensionnat.

Pour un bref instant, ils furent liés par une complicité profonde, chaleureuse, et se rappelèrent que pendant tout un été ils s'étaient sentis unis contre le reste du monde.

— J'ai été en pension et ça m'a beaucoup plu, intervint Alice.

— Certes, mais tu avais treize ans, observa Edward.

Quels étaient donc, parmi les Staveney, ceux qui auraient été prêts à livrer Mary au froid exil du pensionnat ? Alice et Lionel.

— D'accord, d'accord, dit Lionel. Pas de pensionnat. Enfin, pas encore. En attendant, il existe une bonne école pas trop loin.

120

Quelques stations de métro et un peu de marche, et on y est.

« Mary va souffrir, songea Victoria. Elle sera avec des filles qui auront l'argent et tous les privilèges des Staveney, et quand elle rentrera chez elle… » Ce serait certainement beaucoup exiger de son bon cœur – deux mondes où elle devrait à chaque fois trouver sa place.

Victoria s'adressa à Lionel, l'auteur de ce projet qui en fait exauçait ce qu'elle avait rêvé pour sa fille :

— Comment pourrais-je dire non ? C'est une occasion si extraordinaire pour Mary.

Puis elle eut l'audace de se tourner vers Thomas, leur rappelant à tous qu'il était malgré tout le père de l'enfant.

— Qu'en dis-tu, Thomas ? Tu as aussi voix au chapitre.

— Ouais ! approuva-t-il. C'est la pure vérité !

Il lança à son père et à son frère un regard agressif qui leur apprit qu'il se sentait – comme toujours – rabaissé.

— Ouais, j'ai aussi voix au chapitre. Et je dis que l'avis de Victoria devrait l'emporter. Du moment que Mary n'aille pas à Beowulf – c'est l'essentiel.

— Je ne me pardonnerais jamais d'avoir refusé, assura Victoria. Mais j'aimerais en parler avec une amie… Je la considère comme ma sœur, même si elle ne l'est pas par le sang.

121

Bessie écouta ce que Victoria avait à lui raconter, en hochant la tête avec un sourire qui signifiait : « Je te l'avais bien dit. »

— Ils vont te prendre Mary, déclara-t-elle. Mais ils ne verront pas les choses de cette façon.

Même si elles n'en dirent rien, on ne pouvait ignorer un fait crucial, source potentielle de souffrance mais aussi d'enrichissement. Mary avait passé un mois avec les Staveney. Cette expérience rendait urgent de la libérer de son entourage pour l'envoyer dans une bonne école.

— Au moins, observa Bessie, elle en sortira avec une éducation valable. On ne peut pas en dire autant de Beowulf.

— Tu es allée là-bas et tu t'en tires plutôt bien.

— Tu sais parfaitement ce que je veux dire.

Elles étaient de nouveau confrontées au non-dit. Tout d'abord, il y avait le langage de Mary, qui était bien différent de celui des Staveney. Thomas affectait de mal parler, avec son pseudo-américain ou son argot qu'il qualifiait de cockney, cependant Victoria n'avait jamais entendu les vrais cockneys parler ainsi – mais comment étaient-ils chez eux ? En fait, les Staveney avaient un accent snob. Et Thomas aussi, la plupart du temps. Auprès de leurs voix, celle de Mary semblait hideuse.

122

— Elle n'aura pas la vie facile, dit Bessie. Ce n'est pas la peine de se voiler la face.

— Je sais.

Victoria songea qu'elle-même n'avait pas eu la vie facile, et pourtant elle était toujours là, elle avait survécu. Bessie avait eu la vie plus douce, grâce à Phyllis, mais c'était maintenant son tour d'en baver – et elle aussi, elle survivrait.

Elle écrivit à Thomas, afin de le conforter dans ses droits de père :

« Cher Thomas, j'accepte votre aimable proposition. Remercie pour moi ton père et ta mère, je t'en prie. Ce ne sera pas facile pour Mary, mais j'essaierai de tout lui expliquer. »

Expliquer quoi, exactement ? Et comment ?

Mary devait déjà avoir bien des pensées qu'elle préférait ne pas confier à sa mère. C'était une gentille fille – son bon caractère était sa principale qualité. Et elle n'était pas stupide. Victoria se rappelait très bien comment elle était au même âge. Les enfants en savent toujours plus long que les adultes ne l'imaginent, même s'il leur arrive de mal comprendre ce qu'ils savent.

Et Victoria en savait plus long que les Staveney sur l'avenir.

Mary irait dans cette école, où la plupart des élèves seraient blanches. Elle devrait se battre, d'une manière plus subtile qu'à Beowulf. Les Staveney seraient son meilleur soutien. Quand elle aurait treize ans, ils demanderaient sans doute à Victoria si elle n'accepterait pas que Mary aille en pension. Ni eux ni Mary n'auraient à expliquer que ce serait plus facile pour l'adolescente, laquelle n'aurait plus à s'adapter chaque jour à deux mondes différents. Victoria dirait oui, et ce serait réglé.

Il y avait un autre élément, que Bessie lui rappelait. Victoria était une femme séduisante, qui n'avait pas encore trente ans. Elle se rendait maintenant chaque dimanche à l'église, parce que Bessie y allait et qu'elle aimait chanter. Elle avait été remarquée. Chantant en soliste dans certains cantiques, elle n'était plus une paroissienne anonyme. Le révérend Amos John s'était entiché d'elle. Son défunt Sam, qui devenait chaque année plus parfait dans sa mémoire, ne pouvait être comparé à cet ecclésiastique de vingt ans plus âgé qu'elle. Le prestige incomparable de Sam faisait d'Amos un prétendant possible. Elle s'était rendue chez lui, où n'entraient que des gens pieux et sobres. Même si elle n'était pas spécialement religieuse, cette ambiance lui avait plu. Victoria avait toujours été une bonne fille – comme Mary maintenant.

Si elle épousait Amos, elle aurait d'autres enfants. Le petit Dickson, qui était considéré dans tout le quartier comme un vrai démon, se calmerait au contact de ses frères et sœurs.

Et Mary ? Comparer le monde d'Amos Johnson à celui des Staveney... Cette pensée les faisait éclater d'un rire désespéré, elle et Bessie.

Malgré tout, en épousant Amos, elle réunirait ces deux mondes, même s'ils prendraient soin de ne jamais trop s'approcher l'un de l'autre. Et la pauvre Mary se retrouverait au milieu. « Oui, se dit Victoria, elle sera contente de s'échapper en allant en pension. Elle aura envie d'être une Staveney. Il faut que je regarde la vérité en face. C'est ce qui arrivera. »

J'AI
LU

9519

Composition
PCA

Achevé d'imprimer en Espagne
par BLACKPRINT CPI IBERICA
le 14 août 2011.

Dépôt légal août 2011.
EAN 9782290037072

ÉDITIONS J'AI LU
87, quai Panhard-et-Levassor, 75013 Paris

Diffusion France et étranger : Flammarion